Le chemin des dames

Éric Jugnot

Mythe de Cthulhu – 3

« Les sciences, dont chacune tend dans une direction particulière, ne nous ont pas fait trop de mal jusqu'à présent ; mais un jour viendra où la synthèse de ces connaissances dissociées nous ouvrira des perspectives terrifiantes sur la réalité et la place effroyable que nous y occupons ; alors cette révélation nous rendra fous, à moins que nous ne fuyions cette clarté funeste pour nous réfugier dans la paix et la sécurité d'un nouvel âge de ténèbres. » H.P. Lovecraft

« On sait trop bien en Europe à quelles extrémités horribles l'homme, laissé à ses instincts, peut aller. » H. Vernes

Sommaire

Floriane et Erker 9
Les deux parchemins 21
D'une main à l'autre 39
Retrouvailles 48
Le pays brun… 64
Le chemin de la Rose 76
La capitale de la pisse… 89
Eurêka ! 102
Puis ce fut la nuit complète 116
La Nouvelle Jérusalem… européenne 130
Waterloo, Waterloo… morne plaine ! 149
Une soirée de rencontres… 159
Un sceptre et un livre… 172
Un Dni sans faux-col, garçon ! 176
Épilogue 190

À quelques exceptions près, signalées dans les notes de bas de page, la plupart des événements historiques racontés ici sont authentiques.

Floriane et Erker

Depuis qu'ils enquêtaient ensemble en tant que détectives privés, depuis dix ans déjà, ni Floriane Nowak ni Erker Strauss n'avaient chômé. Mais, il faut avouer qu'avec un peu plus de 50.000 œuvres d'art qui disparaissent chaque année en Europe, les œuvres recensées s'entend, tandis qu'il en est tout plein qui ne le sont pas – notamment en raison du fait qu'elles sont habilement remplacées par des faux ou n'ont pas été déclarées par les victimes comme étant en leur possession pour tout plein de raisons –, avec un peu plus de 50.000 œuvres d'art volées par an, il faut avouer qu'il y a du boulot. Depuis quelques années, dès qu'ils avaient quitté leur travail respectif, lui à Interpol, elle, à l'université de Montpellier, ils avaient créé une agence de détectives un peu spéciale, l'A.P.A. ou Agence de Protection des Arts. Il s'agissait d'une agence de détectives privés dont la spécialité était effectivement de protéger des œuvres d'art exposées temporairement ou en transit, voire de retrouver des œuvres volées ; qui sont légion. Cela pour des collectionneurs privés, pour des compagnies d'assurances – qui sont souvent victimes de la rapacité et de la sournoiserie des propriétaires de ces œuvres qui les font voler ou disparaître afin de toucher une prime –, puis aussi, parfois, pour Interpol ou pour Europol. Toutefois, ils travaillaient beaucoup plus souvent pour leur propre compte. Car, vu le prix de certaines des œuvres dérobées dans les musées, dans les églises, chez des particuliers, dans les archives des villes ou les bibliothèques, etc., lorsque vous en retrouvez une, selon sa valeur estimée, une jolie prime vous attend. Or, ils étaient doués ces deux-là. Les primes avaient donc coulé à flot jusqu'à présent.

Erker Strauss, un Allemand blond de pas moins de deux mètres, dont les yeux d'un bleu aussi clair qu'un ciel d'été ne faisaient pas mentir ses origines nordiques, était originaire de Brême. Il avait 38 ans, était marié à une Espagnole répondant au prénom d'Alba, était père de deux enfants, Frederick et Ilde, et était aujourd'hui plus que satisfaits d'avoir lâché son ancien boulot en tant qu'agent d'Interpol. Car, à cette époque, le manque de finances, les lenteurs administratives conjointes à la corruption ainsi qu'au chantage parfois – aucune institution ni personne qui occupe une place de pouvoir n'y échappe ou presque de nos jours – avaient eu raison de sa détermination. Laquelle pourtant était grande puisque, depuis son enfance, il avait toujours rêvé de devenir policier. De dépit, dégoûté à cause de la tournure que prenait une affaire de vol de bijoux des plus politisées – la goutte qui avait fait déborder le vase –, il avait fini par claquer la porte et dire m… à tout cela puis avait ouvert sa propre agence en compagnie de son amie d'enfance Floriane Nowak. Celle-ci, toute en rondeur sans être obèse cependant, plus petite que lui de 30 cm, aux cheveux blonds elle aussi et aux yeux tout aussi bleus, était née d'une mère polonaise et d'un père russe. Elle était âgée de 36 ans, vivait en France depuis des années – à Nîmes à présent, mariée avec Nicole Legeais – et était pareillement aux anges d'avoir abandonné son job d'assistante à l'université Paul Valéry de Montpellier. Entre autres choses parce que, depuis lors, elle avait pu beaucoup mieux exploiter et rentabiliser ses immenses connaissances en histoire de l'art et en langues étrangères. En effet, si Erker, en plus de sa langue natale germanique parlait quatre autres langues européennes, à savoir le français, le néerlandais, l'espagnol et l'anglais, c'était plus de neuf que Floriane Nowak, la « néo-Française », possédait parfaitement pour sa part : le polonais, le russe, le moldave, l'arabe, le tchèque, le yiddish – sa mère étant juive –, l'espagnol, l'anglais ainsi que le français. Tout en possédant de très sérieuses notions de chinois mandarin, de grec et d'albanais. Ce qui fait que ces deux polyglottes pouvaient couvrir un vaste territoire sans avoir à dépendre aucunement d'un interprète ; soit une chose des plus utiles dans ce milieu, celui du vol d'objets d'art et du marché noir qui s'y rapporte. Un milieu dans lequel ce qui profite le plus, vous le savez peut-être déjà, est plutôt lié au trafic international qu'à de petites affaires nationales ou familiales.

En outre, Erker, de par son ancien métier, possédait encore tout plein de contacts tant en Europe que dans d'autres pays tels que les États-Unis ou la Russie par exemple, puis il connaissait les lois européennes sur le bout des doigts et savait manier tout plein d'armes. Cela tandis que Floriane, quant à elle, avait les connaissances requises pour découvrir et identifier les œuvres volées qui valaient la peine ainsi que pour pouvoir se débrouiller dans la plupart des pays concernés par ces vols. Cerise sur le gâteau, Erker connaissait aussi une grande quantité d'astuces et de trucs mis en place par les trafiquants et faisait montre de capacités des plus utiles dans leur métier de détectives privés telles qu'un sens de la déduction hors du commun, une grande capacité d'attention qu'épiçaient une vive intelligence alliée à une logique un peu froide, mais implacable. Puis, ayant fait partie d'Interpol, il y avait reçu une formation au combat suffisante pour faire mieux que se débrouiller s'ils avaient un jour à affronter quelqu'un au corps à corps. Ce qui était – heureusement – des plus rares étant donné que leurs principales activités consistaient en des surveillances, des filatures, des écoutes ; bref, rien de si direct finalement qu'un pugilat [1]. Quant à elle Floriane était experte en des domaines aussi variés que la joaillerie, la peinture, la statuaire, la céramique, la sculpture, la bande dessinée et la bibliophilie, possédant des connaissances plus que suffisantes pour distinguer un original d'un vulgaire faux. Mais elle possédait aussi de bons contacts dans plusieurs milieux artistiques européens. De bons contacts qui lui permettaient d'apprendre – parfois par des ragots ou de simples rumeurs – quelles œuvres avaient été aperçues ici ou là, voire volées à l'une ou l'autre personne qui ne souhaitait pas de le faire savoir au public ; ayant ainsi à portée de main tout un nid de clients potentiels donc.

Et, comme je vous l'ai déjà signalé, étant devenus deux experts reconnus en la matière, via leur agence, l'A.P.A., qui comprenait trois autres spécialistes depuis sa création, trois autres personnes dont je vous parlerai en temps voulu, ce joyeux binôme de détective privé participait de temps à autre, de manière plus ou moins directe, à des

---

[1] Bagarre à coup de poings.

enquêtes ou à des surveillances que leur commanditaient – discrètement – les anciens patrons d'Erker ou Europol. Notamment parce que, étant donné que leur agence leur avait permis de gagner pas mal d'argent depuis qu'ils l'avaient fondée, grâce aux fonds qu'ils avaient accumulés peu à peu, ils avaient fini par pouvoir acquérir du matériel ultrasophistiqué de surveillance particulièrement onéreux. Du matériel si coûteux, mais si puissant, que les services de police européens ne pouvaient encore que rêver de le posséder. Car ces services-là, c'est connu, sont les enfants pauvres de l'Europe. Ils sont très peu subventionnés en comparaison de ceux qu'ils doivent affronter puis sont soumis à d'affreuses lenteurs bureaucratiques en même temps qu'à des politiques changeantes ou à des intérêts aussi conflictuels que contradictoires parfois. Toutes choses qui en ralentissent considérablement tous les actes, y compris les plus simples.

Par exemple, l'A.P.A. avait enquêté pour Europol, en 2018, durant une enquête qui, entre autres choses, avait permis d'accomplir une magnifique prise à cette époque puisque les services européens, associés aux services des douanes ainsi qu'à Interpol, étaient parvenus à arrêter 101 personnes tout en récupérant 19.000 œuvres volées [2]. Autant vous dire que ce fut là une affaire qui fit bien les leurs d'affaires. Parce que, grâce à un arrangement un peu spécial pris avec les membres d'Europol, ils avaient touché un sacré pactole à la fin de celle-ci. En échange de leurs services, ils avaient pu récupérer un tableau en effet. Un seul. Mais un tableau qu'ils recherchaient pour le

---

[2] Authentique.

compte d'un émir du Qatar à qui il avait été subtilisé quelques années auparavant. Un tableau de Rubens. Un Rubens déclaré volé à la Belgique durant la Grande Guerre pourtant... cherchez l'erreur !

Qu'importe, les 19.000 autres œuvres qu'ils avaient permis de retrouver étaient merveilleuses, provenaient d'un peu partout sur la planète et étaient principalement destinées à des pays soutenus par des mouvements religieux fanatiques, vu que ceux-ci financent leurs actions terroristes en partie grâce à cela [3]. Car le marché noir des œuvres d'art, après celui des armes et de la drogue – mais tout de même devant celui des esclaves ou des organes – , représente effectivement le troisième marché le plus lucratif de ce monde. Il rapporte au bas mot des centaines de millions d'euros par an, sinon des milliards, à celles et à ceux qui s'y livrent. Des milliards puisque bon nombre d'œuvres n'ont pas été déclarées notamment. Dès lors, généralement, ces gens ou ces organismes font alors appel plutôt à des détectives privés spécialisés qu'à la police de leur pays ou à la police européenne dans le cas de pays d'Europe. Ce faisant, ni Europol ni Interpol ne peuvent donc agir à leur guise et demeurent ainsi ignorants, parfois, de tous les vols commis. Parfois... parce qu'il ne faut pas non plus les prendre pour des cons ou pour plus cons qu'ils le sont. Il arrive souvent que les enquêteurs, malheureusement peu nombreux et pas très bien rétribués ni soutenus, découvrent des pistes qu'ils doivent abandonner ou des coupables qui demeureront à jamais impunis tels que des diplomates et des ambassadeurs protégés

---

[3] Authentique aussi.

par la loi, voire des gens si puissants ou si riches qu'il paraît impossible de les inquiéter ; ce qui est le plus souvent vrai de surcroît.

Mais, ce coup-ci, Boulette et Palo, c'est-à-dire Floriane et Erker, selon les surnoms qu'ils employaient entre eux depuis leur adolescence – Boulette, pour des questions évidentes de poids et Palo à cause de la robe blonde d'un cheval palomino qu'il possédait –, Boulette et Palo en étaient certains, ils n'auraient pas affaire à un chemin qui ne mène nulle part, à un cul-de-sac. Depuis deux ans maintenant, sans relâche, ils traquaient un gang des plus habiles pour à la fois voler et pour faire transiter leur butin jusque leur(s) commanditaire(s). Or, jamais jusqu'à aujourd'hui, ils n'avaient été aussi proches d'en remonter la piste. Actuellement de la France jusqu'un autre pays au moins ainsi qu'un fournisseur ou une planque. Par contre, dans quel pays précisément, cela, ils ne le savaient pas encore. Pour l'heure, grâce à une micro caméra dissimulée dans un laboratoire d'analyses du nord de la France, ils étaient seulement en train de suivre un vol commis en direct et de laisser-faire afin de remonter la piste justement. Soit quelque chose que ne pouvaient pas se permettre les services publics qui, à moins de l'avis d'un juge, ont plutôt pour tâche d'empêcher de tels délits. Qui plus est, ayant tout plein d'obligations légales – lentes, très lentes –, à accomplir pour engager les services internationaux, la police d'une nation perd souvent la trace du gibier qu'elle piste. En outre, ce qui ne facilitait pas la tâche, ce gang international que Floriane et Erker poursuivaient depuis déjà plusieurs années avait une particularité. Ses membres ne volaient que sur commande. Jamais pour revendre ensuite au marché noir donc. Ce qui rendait ainsi toute enquête à peu près inutile. Il s'agissait de voleurs des plus doués que l'on pouvait contacter via le Dark Net, mais aussi, tant est grande l'impéritie [4] des services policiers à intervenir parfois dans ce monde du virtuel, sur de simples réseaux sociaux ou des jeux vidéo ; le must étant les MMORPG conquis déjà par toutes sortes de réseaux avec emploi d'un langage codé ou pas (vends 3 concombres et 6 oranges pour : 3 calibres et 6 grenades par exemple). C'est-à-dire des réseaux ou des mondes virtuels qui, s'ils ont bel et bien un siège officiel ici ou là, possèdent des serveurs dans des pays qui n'ont pas les mêmes lois que l'Europe ou pas d'accord avec elle. Les dirigeants de Facebook eux-mêmes, par exemple, sous la pression internationale tout de même, n'ont-ils pas dû intervenir sur 900 comptes environ dont les créateurs, sans aucune gêne, avaient trouvé tout à fait pratique ce réseau social là pour traficoter des œuvres d'art à tout va [5] ?

Bien sûr, ce groupe de voleurs professionnels possédait un pseudo. Un pseudo que ses membres employaient pour se faire contacter sur Internet – le nom d'un dieu grec de l'antiquité –, Hermès. Par contre, bénéficier de leurs services coûtait cher, très ! Aussi était-il rare qu'ils agissent pour le compte de petits joueurs ; comme on dit : à tout seigneur tout honneur ! Mais de connaître leur pseudo ou leurs tarifs n'aidait pas à localiser, à pister puis à suivre

---

[4] Incapacité.
[5] Fait authentique.

les membres d'Hermès. Et ceux-ci seraient certainement demeurés tout à fait anonymes si, en France en tout cas, certains d'entre eux n'avaient pas eu la bien mauvaise idée de se spécialiser, entre autres choses, dans le vol de laboratoires dédiés aux travaux archéologiques ; s'en prenant ainsi au patrimoine français presque à sa racine en dérobant les trouvailles de chantiers récents tandis qu'elles se trouvaient encore dans des lieux pas toujours prévus pour les protéger comme il le faudrait. Soit une mauvaise habitude qu'avaient fini par comprendre ces deux fins limiers qu'étaient Boulette et Palo. Lesquels jubilaient, en ce moment, parce qu'ils sentaient que, cette fois-ci, il y avait tout à parier qu'ils allaient toucher le jackpot.

Effectivement, après avoir longuement surveillé Suzanne Langlois, une secrétaire du ministère français de la Culture travaillant à la section découvertes archéologiques, Floriane et Erker étaient parvenus à la certitude que c'était elle qui était à l'origine de pas mal d'affaires de vol commis ces dernières années dans ce milieu pourtant si fermé. Ils étaient certains qu'elle transmettait des données sensibles, pour de l'argent ou à cause de la peur, à un antiquaire à la réputation sulfureuse qui vivait dans la banlieue de la ville de Bourges, Bertrand Ternit, et qui par ma suite s'arrangeait pour contacter discrètement ses propres clients et leur proposer les pièces récemment découvertes qu'elle lui indiquait en lui signalant, de surcroît, où elles se trouvaient préciséemnt. Or, grâce à l'un de leurs collaborateurs, Oleg Bousdarov, l'informaticien de l'agence, les deux enquêteurs étaient parvenus à intercepter un très récent message de cette Suzanne Langlois puis à le décoder. Ce qui fait que, cette fois-ci, ils possédaient donc un coup d'avance. Et, vu la nature de l'objet en question, un livre d'Heures du 15e siècle, aucun des collaborateurs de l'agence ne douta un seul instant qu'un vol allait avoir lieu pour obtenir ce trésor dont ils connaissaient, eux aussi, la localisation. Après s'être concertés, les membres de l'A.P.A. avaient alors opté pour une solution des plus illégales, à savoir tendre un piège à qui viendrait... des gens du groupe Hermès, se doutaient-ils, espéraient-ils, étant donné que voler des découvertes archéologiques était devenu une spécialité pour quelques-uns d'entre eux justement. Ainsi, au lieu de prévenir ce vol – en signalant le danger à ceux qui avaient découvert ce livre d'Heures –, avaient-ils choisi de plutôt le laisser commettre puis de suivre ensuite le ou les voleurs afin d'apprendre par où transitaient les œuvres volées en France et où elles étaient acheminées par la suite, voire, sinon, découvrir au moins un maillon supplémentaire de cette chaîne probablement mondiale.

« *Un livre d'Heures du 15e siècle fort bien conservé, découvert dans une tombe inconnue qui est apparue à la suite de la canicule au fond d'un lac de la région de Prêtreville* », avait écrit la secrétaire Suzanne Langlois.

Puis, en guise d'appât peut-être, elle avait précisé : « *Il s'agit d'un livre qui possède, de plus, une fort belle histoire. Dans sa couverture, l'archéologue a effectivement découvert deux lettres, dont une très abîmée, de la même époque. Deux lettres dont les premières analyses et traductions partielles laissent entrevoir qu'elles relatent l'histoire et la piste d'un trésor caché...* »

« Évidemment, un tel appât ne pourrait qu'attirer des membres du groupe Hermès ! » avaient tout de suite pensé les détectives de l'A.P.A. en décryptant ce message. Aussi avaient-ils installé rapidement leur matériel puis patienté – en essayant de ne pas trop se laisser tenter par de la bouffe ou des bonbons sucrés –, base de leur métier qui valait à Erker, au désespoir d'Alba sa tendre épouse, un joli début d'embonpoint pour ne pas dire déjà un joli bedon. Or, cela avait payé. Sur le coup de trois heures du matin, le soir même, grâce à un filtre de vision nocturne adapté à leur caméra cachée dans le laboratoire où le livre d'Heures se trouvait, ils virent une personne y pénétrer, homme ou femme, ils ne savaient pas encore...

— Probablement une femme, estima Erker à la manière si féline de se déplacer de cette ombre dont ils suivirent la sensuelle évolution quasi ophidienne [6].

Mais Floriane émit des doutes. La carrure de cette ombre, au demeurant aussi souple qu'agile et fort sensuelle, lui faisaient plutôt penser à celle d'un homme. Quoi qu'il en soit, si l'ombre n'eut aucun mal à pénétrer dans le laboratoire – fort peu protégé, il est vrai –, elle devait encore y ouvrir le coffre-fort dans lequel avaient été rangés le précieux livre ainsi que les deux lettres puis déverrouiller l'ordinateur afin d'y recopier les dossiers relatifs aux documents déjà traduits. Mais, cette ombre, mâle ou femelle, étant un(e) as, s'acquitta de l'ouverture du coffre-fort comme si elle en possédait la clé ou la combinaison. Ce qui n'était pas le cas puisque seul l'archéologue Greg Lamarche, celui qui avait découvert la tombe et son trésor,

---

[6] Un ophidien : terme général qui désigne la classe des serpents.

la détenait toujours avec lui… et qui fit se pâmer quelque peu Floriane, surprise par tant d'habilité et de rapidité surtout de la part de ce voleur ou de cette voleuse. En fait, ce que ne savaient pas les deux détectives c'est que cette ombre ambigüe n'était pas tout à fait seule dans ce laboratoire. Possédant une liaison satellite 5G, elle était connectée à une I.A. en effet. Une I.A. des plus sophistiquées et spécialisée qu'elle nommait, par dérision, Arsène Lupin. Aussi ouvrir le petit coffre-fort de ce laboratoire avait-il été un jeu d'enfant. Ensuite, forcer l'entrée de l'ordinateur, un vieux modèle pas du tout aux normes qui employait des applications plus remises à jour depuis des années, fut tout aussi facile pour elle. Aussi, en moins d'une petite heure, l'acte peccamineux [7] était-il accompli et l'affaire dans le sac. La voleuse ou le voleur sortit alors tranquillement du labo, s'installa dans son véhicule – une voiture qu'avaient pris soin de localiser Floriane et Erker puis de faire pucer par leur drone Max –, déposa le produit de son larcin à l'arrière de sa Polo, sans doute une cache, puis démarra en se dirigeant jusque la sortie de Caen en direction du Nord. Elle ou il conduisait posément, sûr(e) de son fait. Pourtant, à quelques encablures de sa Polo, une camionnette toute discrète, celle des deux limiers le suivait. Guidé par le puissant émetteur qu'avait placé Max, Erker conduisait tandis que Floriane portait des lunettes de réalité augmentée. De cette façon et grâce à des gants tactiles ainsi qu'à un microphone, leur système informatique délocalisé n'avait plus besoin ni d'un clavier ni d'une souris pour fonctionner. Puis, comme le cerveau central se trouvait dans les caves réfrigérées de leur agence située à

---

[7] Répréhensible, coupable… lié au péché.

Brême, un gros machin intransportable, soit dit en passant, ils pouvaient donc n'employer que des véhicules discrets, voire aucun, tout en continuant d'en profiter. Pour cette mission-ci, par exemple, Erker avait choisi un utilitaire. Une camionnette aménagée en petite caravane au cas où ils devraient passer plusieurs nuits en planque... comme durant la plupart de leurs enquêtes précédentes.

Les deux parchemins

— Allo ?

— Allo ! Alors ! Comment va mon petit lucullussien ? demanda une voix à la fois basse et grave.

Et parce qu'il ne comprenait pas ce qu'on lui voulait, Bob Lesage ne trouva pas grand-chose à répliquer.

— Euh ! fit-il de surprise.

Puis il ajouta :

— C'est... c'est toi, Alex ? Mais, mille milliards de mille sabords ! Qu'est-ce que c'est que ce charabia ?

Or, ce « mille milliards de mille sabords là » eut le don de faire sourire son interlocuteur qui savait que son ami Bob employait depuis des lustres des expressions ou des injures des plus éculées, dont certaines étaient aussi les favorites d'un célèbre capitaine belge, le capitaine Haddock [8]. Raison pour laquelle, dès qu'il avait appris ce

---

[8] Du nom d'un célèbre personnage de bandes dessinées belges : Tintin

nouvel adjectif qu'il venait d'employer – celui de lucullussien –, il s'était empressé de le lui balancer aux oreilles. Et, à l'autre bout du fil, il se racla la gorge puis convint :

— Eh oui, mon p'tit Bob, c'est l'Alex ! Content de t'avoir un peu surpris ce coup-ci, affirma-t-il alors tout à fait satisfait de lui. Mais sais-tu ce que veut dire ce joli mot-là ?

Confortablement installé dans l'un des vastes fauteuils de jardin de sa ferme située à Rendeux, un village campagnard de Wallonie qui s'étend dans la province du Luxembourg, en train de siroter une bière tandis que ses deux chevaux, l'un bai et l'autre pangaré, gambadaient dans la prairie juste à côté, Bob haussa les épaules puis soupira et proposa à son ami et compagnon d'aventures de longue date, Alexandre Beaumesnil, surnommé Alex :

— Une insulte peut-être ?

Mais Alex, Alex qui, de son côté, était installé dans son havre de paix, c'est-à-dire dans le salon de son ancien monastère de Dordogne remis à l'ancienne, tranquillement installé devant l'âtre dans lequel crépitait une belle bûche de hêtre en dépit de ce qu'il fut à peine cinq heures de l'après-midi, satisfait de lui, dodelina de la tête puis lui répondit :

— Eh non, pas tout à fait ! J'suis de plus en plus heureux de constater que tes connaissances possèdent tout de même quelques limites, ironisa-t-il alors.

Car Alex se sentait en effet, parfois, un peu largué à cause du grand savoir de son ami namurois Bob, voire de celui dont faisait preuve elle aussi leur géniale amie commune, la journaliste et écrivaine anversoise Fanny Van Avond.

— Cela signifie vivre en hédoniste, lui confia-t-il alors fièrement. Vivre comme vécut le Romain Lucullus durant l'antiquité, lui apprit-il enfin d'un ton presque professoral. Toutefois, c'est apparemment un néologisme, précisa-t-il tout de suite après. Mais, le plus fou, c'est de quand il date ce néologisme-là... parce qu'il date du 15e siècle en fait. Une petite comtesse inconnue qui avait de la tête et... et de Belles-Lettres, en somme.

Bob se caressa la barbe, un peu drue ce jour-là, vu qu'il ne l'avait plus taillée depuis une grosse semaine au moins, et songea qu'il devrait le faire juste après cette petite conversation avec Alex. Lequel, depuis son dernier voyage en Belgique, il y avait plusieurs mois, était retourné se ressourcer tout d'abord à Rouen puis surtout en Dordogne, dans le Périgord noir. Ensuite, penaud, mais perplexe, le Namurois l'interrogea :

— Tu m'expliques ?

Alors, tandis qu'Alex, tout à fait prêt à rester des heures au téléphone, s'apprêtait à tout lui expliquer, subitement, son ami Bob s'étonna :

— Mais, dis-moi, tu es à Rouen ? Tu n'es pas allé en Dordogne finalement ?

— Mais si ! répondit Alex en bombant le torse. J'y suis d'ailleurs en ce moment même. Mais, euh, c'est à cause du téléphone, je parie, que tu demandes cela ?

Ensuite, un court instant, un ange passa entre eux puis Alex, jadis tout à fait contre ce genre de manquement à ses principes d'ours, finit par lui avouer :

— Euh, ben, tout compte fait, je me suis résolu à le faire installer… ce maudit engin du diable.

— Cré'bonsoir ! s'exclama Bob réellement fort surpris d'entendre cela. Mais… mais… faites attention, mon lieutenant, c'est le chemin de la civilisation, cela !

Or, si Bob s'était moqué gentiment de son ami né d'un Corse, dont il avait hérité les traits et le langage fleuri, ainsi que d'une Normande – alliage du feu et de l'eau donc –, dont il avait à la fois l'accent et le penchant pour le calvados, c'était pour deux raisons. Tout d'abord, ce « mon lieutenant » venait de ce qu'Alex était un ancien militaire qui avait servi dans les forces spéciales françaises. Et, bien qu'il y ait terminé avec le grade de commandant, il n'en avait jamais informé ses deux amis belges, Bob et Fanny, qui pensaient donc toujours qu'il avait rompu sa carrière avec celui de lieutenant seulement. Ensuite, seconde raison, Alex leur était connu pour être plutôt un sauvageon des campagnes qu'un gentil citoyen tout propret d'une cité, soit-elle aussi belle que celle de Rouen. Un homme à la main de fer dans un gant de velours, qui plus est. Soit tout l'inverse de Bob qui était plutôt un homme au gant de fer qui cachait, et protégeait surtout, une main de velours pour sa part.

— Eh ! fit Alex sans rien ajouter à ce sujet. Tiens, et Fanny, des nouvelles ? lança-t-il juste après… dans le but de détourner la conversation peut-être ?

— Selon ce que j'en sais, elle va fort bien, l'informa alors Bob au sujet de leur amie journaliste et sportive. Elle est partie aux États-Unis pour un mois par contre.

Et Alex, qui l'ignorait, l'interrogea :

— Ah ! fit-il. Pour voir sa sœur, Sonia ?

— Non, pas directement… pour une compétition de freerun et une autre de base jump. Mais j'imagine aussi qu'elle en profitera pour la voir en même temps. Si mes souvenirs sont bons, Sonia vient d'y acheter une demeure dans le Rhode Island et lui a demandé un coup de main pour son emménagement. Bon, mais maintenant, si tu m'expliquais cette histoire de néologisme vieux de six siècles !

Toutefois, son ami Corso-Normand aimait attiser le feu et avait donc décidé de ménager ses petits effets, une fois n'est pas coutume. Or, cette fois-ci, à son avis, l'histoire en valait la peine. Aussi n'embraya-t-il pas tout de suite sur cette histoire, mais demanda-t-il plutôt :

— Et le Vicomte ?

Il faisait référence à un homme qui connaissait un destin des plus affreux. Un ancien noble français qu'ils avaient rencontré au cours de l'année précédente. Un homme prisonnier d'un monde étrange que cherchait à délivrer Bob Lesage depuis lors, mais en vain [9]. Ce à quoi le Namurois, de plus en plus impatient d'en apprendre plus à propos de ce dont avait parlé son ami, lui déclara seulement :

---

[9] cf. Tome 1 ; Bob, Alex & Fanny : « Le diable dans la boîte ».

— Mmm, toujours la même chose en fait. Sauf qu'il se rétablit grâce à ce que je lui fais parvenir comme nourriture et eau potable.

Puis, après qu'un nouvel ange fut passé, un moment de silence durant lequel Alex s'était servi un petit verre de poison – de son poison favori s'entend, du calvados vieilli en fût de chêne –, et tandis que Bob avait constaté non sans plaisir qu'Éric, son homme à tout faire, lui apportait une seconde bière, le Corso-Normand se mit enfin à lui cracher le morceau.

— Bon ! Je vais tout d'expliquer, commença-t-il. Tu te souviens de mon pote Greg ?

Bob se gratta tout d'abord le menton, pensif, puis se caressa de nouveau la barbe – un geste machinal qu'il avait pris l'habitude d'accomplir lorsqu'il réfléchissait –, enfin, peu sûr de lui cependant, il proposa :

— Euh… l'archéologue, non ?

— C'est ça ! le rassura Alex. Greg l'archéologue. Eh bien ! Figure-toi que, vers la fin de l'été passé, il a fait une découverte… euh, sensationnelle, mon pote.

Quoi entendant, le Namurois, qui connaissait la propension à l'exagération de son ami parfois un peu rapidement exalté – un ami avec lequel il avait pourtant réalisé déjà tout plein de voyages et avec qui il avait connu toutes sortes d'aventures palpitantes puis découvert quelques magnifiques trésors de surcroît –, le Namurois leva les sourcils au ciel puis le taquina :

— Ah bon… sensationnelle !? Mais personne n'a parlé de rien à ce moment-là, je pense.

— En effet, fort peu de gens ont parlé de celle-ci parce que beaucoup d'autres choses plus importantes ont été découvertes durant la même période. Pendant la canicule de 2022, un grand nombre de sites sont apparus ou réapparus à la surface en Europe en effet. Mais si le site en lui-même n'avait sans doute rien de si exceptionnel pour que les grands médias s'emparent de l'affaire et en fassent les gros titres, il demeure que ce qu'a découvert Greg te fera certainement rêver. Il avait été mandaté pour fouiller une tombe du Moyen-âge qui était apparue peu après que ce fut évaporé un étang qui s'étendait depuis de siècles dans un méandre de la rivière Toucques, dans la région du… euh, tu vas rire, dans la région du calvados.

Ce après quoi, Bob, s'amusant en effet de cette nouvelle-là, Bob, dont les yeux noisette pailletés d'or s'étaient mis à soudain pétiller de plaisir, Bob, qui connaissait bien le penchant un peu malsain de son ami Alex pour cet alcool de pommes de sa région maternelle, juste après avoir pris une gorgée du sien de poison, s'exclama :

— Tiens donc, la belle et bonne affaire… qui commence bien !

Mais Alexandre Beaumesnil, dont la fossette et tout le visage sévère taillé au couteau se raidirent, ne tenait pas à épiloguer à propos de ses addictions nuisibles. Aussi, haussant les épaules dans son coin en faisant un signe de dénégation de la tête, continua-t-il plutôt de s'expliquer.

— Cette tombe moyenâgeuse est apparue dans la commune de Prêtreville et, dès qu'il en a été informé, Greg s'y est donc rendu. Là, après quelques travaux de terrassement réalisés afin d'éviter que les eaux ne revinssent soudain tout noyer, élevant des digues autour de la tombe – tu n'es pas sans savoir que, dans les régions plates, ces étangs sont dus à des méandres de cours d'eau au creux desquels ils prennent naissance –, Greg a eu une première surprise. Juste à côté de la tombe se trouvait une statue antique. Une statue en pierre de la déesse romaine Pax [10]. Cela alors que la tombe elle-même exhibait une croix chrétienne. Une croix pattée du genre de celle des templiers, mais sur laquelle aucun nom ni aucune inscription obituaire, aucune épitaphe révélant quoi que ce soit à propos du cadavre, ne se trouvait inscrite par contre.

— Ma foi, tu sais, au vu des bouleversements de terrains qu'ont connu ces régions en deux mille ans, la présence de l'un de ces vestiges, soit la déesse romaine de la paix, n'implique pas que l'autre, la tombe chrétienne d'un moine guerrier, y ait été placée-là expressément, se permit de lui opposer Bob. Il est tout à fait possible que ces deux choses ne soient pas liées du tout, précisa-t-il.

— Oui, tu as raison, admit Alex. Greg lui-même croit plutôt au hasard à ce sujet qu'à autre chose. En revanche, la tombe elle-même était des plus révélatrices. Car il a rapidement découvert que, dès l'origine, ayant été calfatée grâce à de la poix ainsi que de l'étoupe, elle avait été prévue pour être immergée. Ce qui fait que, pour son plus grand bonheur, le contenu de cette tombe était donc demeuré à peu près intact. À peu près parce que, ce que n'avaient pas prévu celui ou ceux qui ont réalisé ce

---

[10] Déesse romaine de la paix, reconnue sous le règne d'Auguste, ayant pour attributs des branches d'olivier, un sceptre et une corne d'abondance.

tombeau parfaitement hermétique, c'était la propre humidité du défunt. Laquelle humidité, étant demeurée enfermée là, a fini par nourrir tout plein de bactéries et de champignons destructeurs. Ensuite, au moment où il a ouvert la tombe afin d'en recenser les objets, Greg a eu une seconde surprise. Évidemment, un corps en grande partie décomposé l'y attendait, celui d'un moine pauvre, sans doute un franciscain, mais un moine pauvre qui avait été enterré avec un inestimable joyau entre les mains ainsi qu'un bien curieux pendentif. Enfin, je dis un joyau, mais il ne s'agit pas d'une pierre précieuse cependant. Il s'agit d'un merveilleux livre d'Heures du bas Moyen-âge [11]. Un in-folio d'environ 150 pages, en vélin, refermé sur la gouttière [12] grâce à une patte nouée sur la couverture par un lacet de cuir. Un livre recouvert d'une peau de cuir qui a dû coûter une petite fortune et qui dénote tout particulièrement dans la tombe d'un moine dont tout le reste, c'est-à-dire sa bure, un bourdon de pèlerin [13] ainsi qu'un bol de bois gravé d'une coquille Saint-Jacques, laisse penser que, sa vie durant, il a été l'un de ces farouches amants de la pauvreté.

Sincèrement, en grand chasseur de merveilles qu'il était lui-même, repensant probablement à toutes celles qu'ils avaient déjà découvertes ensemble ainsi qu'à l'incroyable sentiment que l'on connaît à ce moment-là – une

---

[11] Un livre d'Heures permettait de suivre la liturgie établie – cantiques, prières, etc. –, heure après heure et jour après jour parfois, notamment pour les jours saints, par l'Église catholique romaine. Le bas Moyen-âge est une période archéologique comprise entre le 12e et le 14e siècle.
[12] La tranche opposée au dos par laquelle on ouvre le livre.
[13] Un bâton de marche de pèlerin.

exaltation si proche de l'orgasme que, à l'instar de tout plaisir finalement, elle devient vite une addiction –, Bob s'exclama :

— Eh bien, il a dû jubiler le Greg !

Ce qu'admit Alex d'une voix un peu envieuse, mais remplie surtout de souvenirs heureux, puisqu'il était, lui aussi, un chasseur de trésors ou « faiseurs d'affaires », comme il disait plutôt.

— Certes, certes, convint-il. Mais plus encore par la suite, ajouta-t-il alors.

— Ah ! Parce qu'il y a plus !

— Eh oui ! Bien plus. Lorsqu'il a pratiqué les premières analyses, il est apparu, grâce aux rayons X, que quelque chose avait été dissimulé en-dessous du cuir de la couverture de ce magnifique livre d'Heures. Couverture qu'il nettoya des moisissures qui l'avaient déjà pas mal grignotée puis de dessous laquelle il parvint à extirper deux parchemins cachés chacun sous l'une des faces du petit trésor de ce pâtre-moine, ironisa-t-il.

« De mieux en mieux ! » se régala Bob.

Car il adorait ce genre d'histoire et avait pour habitude de partir à l'aventure ou à la « chasse aux merveilles », comme il disait lui, avec Alex ainsi que Fanny. Aussi était-il tout ouïe. Alex, en se calant devant son âtre dans lequel de belles flammes jaune orangé réjouissaient ses yeux tandis que le crépitement du bois enchantait ses oreilles, continua donc d'enchanter son ami namurois en se doutant bien de l'attention accrue de celui-ci. Lequel était, il le savait très bien, en dépit de toutes leurs différences, tout aussi passionné que lui par ces sujets.

— Le premier parchemin est aussi, malheureusement, le plus abîmé des deux, lui dit-il. Il s'agit d'une lettre écrite au 15e siècle, selon la date indiquée, par une certaine Jeanne. Mais elle est tellement rongée par endroit que, bien qu'il soit plutôt doué à ce genre de jeu, Greg, il lui a été à peu près impossible de savoir ni de qui, ni de quoi elle parle, ni, surtout, où commencer à chercher. Ce qui est fort dommage étant donné que, tiens-toi bien, l'autrice de cette missive, Jeanne d'on ne sait où, relate l'existence d'un trésor qu'elle aurait fait cacher par son confesseur, un moine de l'ordre mineur des Franciscains, sans doute celui dans la tombe duquel a été découvert le livre, afin de le soustraire à l'avidité d'une personne parmi ses proches qu'elle ne nomme malheureusement pas.

À ces mots, Alex entendit son ami belge qui gloussait de plaisir tandis que lui-même jubilait… et fit une pause afin de se jeter une petite lapée de poison. Puis, d'un ton de plus en plus fébrile, il reprit le récit des faits.

— Quant au second parchemin, écrit lui aussi en vieux français, mais d'une autre main que celle de la lettre, il est intact celui-là et indique comment trouver ce trésor de nature inconnue. En revanche, il est codé et demeurera incompréhensible tant que l'on ne parviendra pas à comprendre la première des deux lettres, je pense. Pas de bol !

Un triste constat que Bob – restaurateur d'objets d'art de son état, mais par passion plutôt que par nécessité et grand amateur d'objets de bois puis collectionneur d'aventures ou de trésors, mais de bois surtout –, admit volontiers.

— Aïe, en effet, pas de chance ! reconnut-il. Greg a dû être fort déçu.

— Oui, c'est sûr ! je vais d'ailleurs le rejoindre dès ce soir, finit par avouer Alex.

Narquoisement, Bob glissa alors :

— Tu vas donc dans la région du... du bon calvados. Comme si cela était nécessaire ! Tu vas faire le plein en même temps ?

— Bien sûr. Pourquoi pas ? Son grand-père possède des bouteilles absolument, euh, absolument excellentes.

Puis, un peu plus sérieusement, tandis qu'il remettait une bûche dans l'âtre, le Français ajouta toutefois :

— Mais je vais surtout pour réfléchir en sa compagnie à une partie du message en particulier. Une partie cryptée sur base d'une épitaphe. L'inscription obituaire d'un chevalier dont il nous faudrait trouver la pierre tombale par contre. Ce qui relève de la gageure. Un peu selon le principe du livre dont nous avons parlé il y a quelques mois [14].

Ensuite le Français fit une courte pause puis, usant du ton matois d'une personne bonhomme, mais rusée cependant... et qui connaît déjà la réponse à sa question, ajouta :

— Mais, veux-tu que je t'envoie une copie de ces deux parchemins traduits ? J'en ai justement reçu une ce matin.

---

[14] cf. Tome 2 : Le trésor de la naïade.

Et si Alex osait lui proposer de lui envoyer de tels documents si sensibles, c'était parce que, non seulement il avait une absolue confiance en son ami, mais aussi parce qu'il avait une petite idée en tête. Connaissant Bob depuis longtemps, il savait que celui-ci possédait une grande érudition. Des connaissances à la fois historique, géographique, scientifique, littéraire et musicale autant par rapport à son pays que la France et pas mal d'autres nations européennes. Des connaissances dues à un problème d'hypermnésie qui seraient très certainement les bienvenues dans ce cas-ci. Aussi, sans chercher à l'entourlouper ou à faire semblant de rien, lui avoua-t-il toute la vérité :

— Un petit coup de main de ta part ne serait peut-être pas malvenu du tout, s'affranchit-il (parce que la liberté libère, dit-on). Serais-tu d'accord ?

Et, vu qu'il s'agissait d'une question rhétorique, ce disant, il lui envoya en même temps les deux fichiers photographiques des lettres elles-mêmes. Deux images qu'accompagnait un texte présentant leur retranscription ainsi que leur traduction en français contemporain par Greg. Bob put donc constater qu'au premier de ces parchemins manquaient effectivement tout plein de parties. Des trous qui en rendaient la lecture et la compréhension difficiles sinon impossibles, vu que les informations importantes étaient passées dans la chaîne alimentaire… dans les millions de petites bouches voraces de microbes ou dans la panse de champignons sans vergogne, ni respect du passé, qui s'en étaient très certainement régalé. Quant au second de ces parchemins, bien qu'il soit tout à fait lisible celui-là, Bob n'y comprit pas plus que son ami français ou que Greg. En revanche, il se souvint soudain d'un détail que lui avait signalé Alex et il l'interrogea donc à ce propos :

— Tu as aussi parlé d'un curieux pendentif, s'enquit-il. On peut savoir de quoi il s'agit...

— Oh, oui, pardon, j'oubliais ce détail ! s'exclama Alex. En fait, il s'agit d'un pendentif qui n'a rien à voir avec la religion chrétienne. Raison pour laquelle Greg fut fort étonné de le découvrir dans cette tombe. Par contre, il n'est pas parvenu à le rattacher à quoi que ce soit. Il s'agit d'une breloque sans grande valeur montée sur une chaînette de bronze. Un pendentif qui représente un pentacle au centre duquel un œil est ouvert. Un œil dans l'iris duquel brûle une flamme. Ça ne te dit rien par hasard ?

Mais seul un silence fut la réponse de Bob qui ne voyait pas du tout ce que pouvait représenter ce médaillon ni à quoi il faisait référence. Bien sûr, l'étoile à cinq branches est connue pour être le symbole de la déesse Vénus, un symbole féminin donc, puis la présence d'une déesse romaine, Pax, pouvait avoir un lien avec un culte féminin. Mais le pentacle avait été aussi, au Moyen-âge en tout cas, un symbole chrétien. Celui des cinq plaies du Christ. Un symbole qui fut employé par les templiers par exemple. Néanmoins, ce symbole-là n'exhibait ni œil ouvert, ni flamme. Puis, vu que rien ne permettait de rattacher ce symbole à l'une ou l'autre de ces traditions antiques ou moyenâgeuses, il ne servait à rien de tirer des conclusions trop hâtives. Ce qui eut pour résultat que Bob, avant de prendre congé puis de raccrocher, préféra admettre son ignorance.

— Je n'en sais strictement rien, finit-il par avouer à Alex. Mais on va se renseigner…

Dès qu'il eut terminé de lire la traduction des lettres que venait de lui envoyer Alex, d'un bond, Bob se leva de son siège. Puis, en jetant un rapide coup d'œil circulaire sur sa jolie ferme de pierres bleues et sa cour intérieure, sa cour dans laquelle chantait une fontaine paisiblement entourée de verdure et de fleurs bigarrées, d'un pas décidé, il se dirigea vers son atelier. Il y avait déjà presque trois mois qu'ils ne s'étaient plus vu ni Alex, ni Fanny, ni lui. Trois mois durant lesquels il s'était trouvé fort peu actif, car, mis à part des bricoles achetées ici ou là, dans des brocantes ainsi que chez des antiquaires, puis remises en état, il y avait autant de temps que son cerveau n'avait pas cogité à plein temps. Or, tout en se dirigeant vers son atelier, il se rendit compte qu'il était peut-être bien révolu ce temps passé à ne rien faire ou presque. Fini de glander dans ses habitudes. Enfin, l'aventure l'appelait de nouveau… du moins, l'espérait-il.

Aussi se surprit-il à penser :

« Décidément, l'existence est capricieuse. C'est au moment où elle paraît devenue insipide qu'elle se pare soudain de mille attraits, comme un bel oiseau qui vient de faire sa mue et trouve ainsi une toute nouvelle parure [15]. »

---

[15] En partie tiré de Henri Vernes ; Bob Morane : « Trafic aux Caraïbes »

1ᵉʳ parchemin

```
                                    6      nvi     14
```

Moi, Jeanne,   et épouse du Comte de   r, Gu   D   re, confesse en cette lettre avoir agi pour le bien de mes sujets et non pour soustraire leur nom au *lustre* [16] et aux honneurs qu'ils méritent à la suite du courage et de l'abnégation dont ils ont fait preuve à la bata   C   yck.   par J   d N   époux de Ma   ois, le grand-père de mon époux, cachés dans les bois, ils ont empêché puis occis tout plein d'ennemis qui tentaient de fuir le   père les avait fait tomber. Cela en sachant que personne ne les verrait agir ni ne pourrait en témoigner. Ce faisant,   ils ont aussi empêché que Mess   Ro   parvienne à obtenir des troupes fraîches   c'est-à-dire s'échappe du champ de bataille. C'est d'ailleurs à eux que l'on doit la mort de cet homme maudit. Cet être qui vécut plus comme un ours ou un chien de guerre qu'en tant qu'être humain ; ce maudit Franç   dont les mains étaient pleines de sang innocent et l'âme remplie de noirceur. Ainsi parvinrent-ils à soustraire aux cavaliers qu'ils tuèrent plus de cent ch   Cent ép   participation discrète, mais efficace à cette grande victoire. C   ons   envoya à sa mère, Marie, qui fut chargée de les conserver à l'abri.

---

[16] Éclat, relief pris par quelqu'un, quelque chose.

Toutefois, le seigneur J   Ha
ennemi du Marquis et du Comte son fils

ui parvinrent à dérober une grande partie de ces é
paraître à jamais les preuves du haut
fait d'armes accompli cette année-là par les chevaliers
de Jean. Ce qui fait que Marie, Dieu ait son âme, prit la
décision de faire dissimuler ce trésor symbolique surtout, dans une chasse d'ivoire. Une des sept merveilleuses chasses d'ivoire des trente-trois pièces du trésor
qu'avait réalisées le frère Hug
coffret sacré, de
cache sûr. Elle la fit donc ouvrir par un moine de l'ordre
des Chartreux, l'un de ceux qui, illettré de surcroît, avait
fait vœu de silence absolu, et y fit placer les dix
ayant échappé au vol
des   enfants de
. Or, seul mon époux a reçu en héritage à la fois ce
secret et ce précieux reliquaire. Un reliquaire de Saint-Denis, en ivoire, que j'ai décidé de faire dissimuler néanmoins par mon propre confesseur parce que mon époux
est si malade aujourd'hui que je crois devoir le faire rapidement vu que celui qui héritera du comté, Je
est beaucoup trop prodigue, pour qu'il ne
revendît   afin de mener
cette vie lucullussienne qu'il a choisi de vivre jusqu'à
présent. Et je gage qu'il en perdra d'ailleurs la charge,
voire le vendra pour ce faire ; honte soit sur lui ! Aussi
ne puis-je décemment lui confier cet héritage si précieux
dont avait la charge sa famille depuis
ryck ». J'ai confié à mon confesseur, le frère mineur

Norb de Dam   très humble, très pauvre et très
Sa   homme,   icains, le coffret. Ensuite, en l'espace de deux messes dominicales, il m'a confié le second pa…

2ᵉ parchemin

Lorsque tu auras découvert ce que signifie
4IYBA2B2CDQK2A–1BCMWGQ
Grâce à l'obituaire du chevalier Y, gardé par la Rose d'or
Qu'offrit Messire Gui à Messire son fils Jean le prince,
Sise aux limites du Marquisat en signe de réconciliation et de paix,
Trouves-y le secret sur lequel veillent le Pélican et la Rose ;
Dans chacune de leur main de justice.
L'un se trouve où demeure la Sainte Arche de la Nouvelle Jérusalem ;
L'autre qui trône en instruisant le monde près de l'autel de la sapience.
Car ces trônes de sagesse, là, te guideront
Alors dans ta lecture du livre excellent.
Associe ensuite la rose du bourdon
Avec celle de l'enclos de la vigne puis de l'aigle,
Puis prends un temps de réflexion !
Ensuite, marche de nouveau de la Rose à la tour !
Ainsi, après avoir compris le chemin de ces protecteurs,
Dans le livre, cherche et trouve le point d'ancrage
Enfin, grâce aux noms des trois fondateurs,
Tu pourras comprendre IX-XVI-XIV (9-16-14)

> *Or, à 2 toises de la tour de ce céphalophore,*
> *En droite ligne de la roue solaire,*
> *À quatre pieds de la surface,*
> *J'ai enfoui la chasse de frère Hugo ainsi que son trésor.*

D'une main à l'autre

Si la triplette « Charleroi-Liège-Bruxelles » possède le pompon des villes belges les plus dangereuses, car étant trois cités dans lesquelles sont commis – et connus – le plus d'infractions, de délits et de crimes, ce ne sont pourtant pas ces trois cités-là, aussi ardentes l'une que l'autre, qui attirent le plus les voleurs d'art. Ce sont plutôt les villes, toutes flamandes, telles que Bruges, Gand et Anvers qui les dépassent dans ce domaine. Ce qui est assez normal puisque ces trois dernières, préservées des bombardements de la guerre de 40-45, regorgent de beautés et foisonnent d'œuvres à tous les coins de rue ; qu'il s'agisse de peintures, de sculptures, de statuettes religieuses, de bijoux ou de joyaux. Toutefois, les petits villages éloignés ont eux aussi la faveur des larrons à cause du peu de protections dont ils bénéficient ; qu'il s'agisse de simples particuliers ou d'églises – souvent vides la plupart du temps de nos jours –, recelant de magnifiques témoins du passé. Des témoins qui attirent évidemment tout plein de convoitises et qui oblige les responsables à remplacer les originaux, mis dans des musées ou des coffres-forts, par de jolies copies... qui ne valent rien. D'autant plus que la Belgique, depuis janvier 2022, faute de moyens, a fait fermer la seule section de la police fédérale, « art et antiquité », qui s'occupait des vols d'œuvre d'art et de leur trafic si avantageux au point de vue des gains ; chaque vol d'œuvre d'art équivalant effectivement à peu près à six vols de bijouteries [17]. Aussi la Belgique, en fort peu de temps et sous les huées méritées des autres pays d'Europe, est-elle devenue la plaque tournante de tous les gangs liés à ce genre de trafic si rentable en plus de celui lié aux drogues.

Ceci expliquant pourquoi ni Floriane ni Erker ne furent plus surpris que cela de constater que celle ou celui qu'ils suivaient depuis une heure environ, après avoir contourné Le Havre – où ils pensèrent qu'il ou elle s'arrêterait, Amiens puis Valencienne avait franchi finalement la frontière de ce pays vers neuf heures du matin. Pas plus qu'ils ne s'étonnèrent que cette frontière soit déserte étant donné qu'il n'existe plus qu'un service de douane volante pas beaucoup plus chanceux que celui de la fédérale question financement ou rapidité des décisions bureaucratiques. En outre, il est des plus certains que, en Belgique comme partout ailleurs, beaucoup de gens plus ou moins puissants et plus ou moins politisés en croquent de ce pain-là ou subissent du chantage pour laisser-faire. Une fois franchie cette frontière fantôme, le malandrin qu'ils pistaient bifurqua alors en direction de la cité de Mons puis de celle de La Louvière. Et Erker, qui ne connaissait pas grand-chose à la géographie de ce trou du cul de l'Europe qu'est la Belgique, interrogea sa collègue :

— Tu sais vers quelle ville il se dirige ?

---

[17] Authentique

Ce à quoi Flo, bien meilleure que lui en géographie, mais aussi grâce à la carte qu'elle voyait défiler sur les écrans de ses lunettes de réalité augmentée, lui répondit :

— Il ou elle va sans doute vers Charleroi. L'une des cités belges qui appartiennent à peu près complètement aux maffias en tous genres, se moqua-t-elle alors. À commencer par la maffia financière et politique…

— Bah ! fit son co-équipier fort peu amène à propos des hommes en général. N'est-ce pas le cas d'un peu toutes les villes ? Eh ! Boulette, tu m'écoutes ?

Mais pas plus qu'elle ne réagit à ce surnom auquel elle avait pris l'habitude – c'était d'ailleurs elle qui s'était inventé jadis ce surnom ridicule en guise de plaisanterie personnelle quant à ses formes rondelettes –, Boulette ne lui répondit rien. Elle savait qu'il disait vrai. Partout où les Hommes se réunissent, ni Hermès, le dieu grec des voleurs, ni Vénus, la déesse de l'amour, ni Mars, le dieu de la guerre sauvage, ne sont fort loin en effet. Au lieu de cela, elle lui demanda :

— Tu m'allumes une clope… Palo ?

Ce qu'Erker, en dépit de ce qu'il ne fumât pas, daigna faire pour elle qui ne souhaitait pas d'être distraite par des gestes qui eussent pu entraver le bon fonctionnement de leur système, car elle portait des gants tactiles en effet. En lui tendant une cigarette allumée sur laquelle elle tira comme une cheminée, l'Allemand eut soudain une réflexion emplie de rêverie d'enfant :

— Je me demande bien ce que va faire l'acquéreur avec ce livre d'Heures et les lettres qu'il contenait ? Tu imagines qu'il... qu'il nous mène directement à... à un vrai trésor !

Mais, entre deux bouffées de sauce cancer du poumon, devant une telle naïveté, Boulette l'interrompit :

— Tu rêves mon pauvre ! le nargua-t-elle. Je rêverais plutôt de leur mettre le grappin dessus et de récupérer un maximum de tout ce que l'on pourra peut-être découvrir dans leurs caves, greniers, garde-meubles, garages ou coffres-forts. N'est-ce pas là le véritable trésor et non pas ce machin du Moyen-âge dont parlent les lettres ? Une chasse qui a probablement été découverte jadis puis revendue depuis longtemps.

Son collègue fronça un peu les sourcils puis bâilla tout d'abord, mais, ensuite, à contrecœur cependant, il admit :

— Oui, tu as raison, je rêve éveillé. Mais, tout de même, cela me ferait bien plaisir, moi, de trouver un truc de ce genre !

— Rêve d'enfant qui se prend pour Indiana Jones, le railla de nouveau Boulette en haussant les épaules.

Boulette dont les yeux, Erker le remarqua, se mettaient peu à peu à rougir et à verser des larmes tant ils commençaient d'être fatiguer de devoir supporter ces lunettes augmentées. D'ailleurs, en plissant les mirettes justement, elle lâcha soudain :

— Saloperies de bazar, j'en ai les yeux qui chialent !

— Je vois ça, constata Erker. Veux-tu qu'on change de place ?

— Non, je n'aime pas conduire avec les yeux aussi abîmés. De toute manière, Charleroi n'est plus très loin à présent.

Tout sourire en entendant cela, Erker s'amusa.

— Ben ! Dans ce micro pays super bordélique, rien n'est bien loin de toute façon. On est tout de même fort loin du trajet Marseille-Lille que nous avons dû réaliser la semaine dernière. Maintenant, rien ne nous certifie non plus qu'il ou elle va s'arrêter dans cette cité-là par contre. Donc, si tu veux épargner tes jolis yeux, peut-être te faudra-t-il faire une pause malgré toi…

Dès qu'il vit le panneau d'entrée confirmant ce que lui avait dit sa collègue, à savoir qu'ils pénétraient dans la cité de Charleroi, Erker s'adressa de nouveau à Floriane :

— Voilà, nous y sommes, lui dit-il. Tu vois toujours bien vers où notre voleuse ou voleur se dirige ?

— Oui, quelle question ! s'amusa Boulette. Il se dirige vers un bled du nom de Mont-sur-Marchienne. Accélère un peu s'il te plaît à présent où nous risquons de louper la maison dans laquelle il pourrait se rendre.

— Mmmm, ronchonna l'ancien policier, s'il va bel et bien dans une maison. Parce qu'il pourrait aussi bien employer une boîte aux lettres et seulement déposer le colis à un endroit précis et discret.

— Ce serait malin, en effet, convint Floriane. On va voir. Mais, est-ce bien nécessaire, ici ? Tu n'es sans doute pas ignorant du fait que ce pays a abandonné purement et simplement la lutte contre le trafic d'art. Aussi, pourquoi les voleurs iraient-ils s'ennuyer à prendre autant de précautions ? Ce n'est plus tellement important, en fait.

— Certes, certes… fit Erker qui commençait lui aussi à fatiguer. Voilà, je suis à une vingtaine de mètres de sa voiture maintenant, lui dit-il ensuite tandis qu'il venait effectivement de la voir apparaître au bout de la chaussée qui commençait à faire place à tout plein de maisons autrefois ouvrières. Je ralentis un peu, car il paraît vouloir s'arrêter.

— Nous sommes à la Grand-Place de la commune à ce que je vois, lui apprit alors Boulette. La place Roger Desaise. Gare-toi le long de la chaussée ! Nous allons envoyer Max en mode silencieux et muni de lentilles nocturnes. Après tout, qu'il ou elle se rendît dans une maison spécifique ou déposât le paquet quelque part nous est bien égal pourvu qu'on ne le perde pas de vue. Ce serait même mieux qu'il l'abandonne puis s'en aille, conclut-elle. De toute manière, si l'auteur du vol s'en va après avoir déposé le produit de son larcin ici, on ne va pas le suivre de nouveau. On préviendra les services de police français de ce qui s'est passé et ce sera à eux de tenter de faire suivre puis d'arrêter ce bandit-là.

Un plan que, tout en opinant du menton, Erker confirma :

— Exact ! fit-il. Seul le paquet nous intéresse actuellement ainsi que le réseau qu'utilisent les membres du groupe Hermès… s'il s'agit bien d'eux.

Soudain, à une vingtaine de mètres d'eux environ, une silhouette sortit de la voiture. Or, de là où ils étaient, ils pouvaient lui distinguer des seins – un point pour Boulette –, mais, en même temps, cette silhouette avait plutôt la carrure d'un homme – un pour Erker ? – ; ils n'étaient donc pas plus avancés. D'autant plus que la voiture qu'employait cet être mi-homme, mi-femme, avait certainement été volée et que la reconnaissance de sa plaque minéralogique ne leur servirait donc à rien pour en apprendre davantage à son sujet. D'un pas alerte, la silhouette ambigüe traversa la rue déserte de cette ancienne commune minière dont les maisons sont aussi vielles que minuscules parfois tant la pauvreté y était grande jadis, puis elle sonna à la porte de l'une des maisons qui bordent la place. Une porte qui, presque immédiatement, s'entrebâilla.

Alors, sans sortir de leur antre – une maison basse à la façade de briques autrefois rouges, mais devenues gris sale depuis longtemps –, deux mains apparurent ; l'un tenait une petite enveloppe, une enveloppe que la voleuse ou le voleur mit tout de suite en poche tandis que l'autre était ouverte pour réceptionner en échange un paquet, contenant le livre et les lettres, que lui tendit l'hybride « mi-crapaud, mi-grenouille ». Enfin, en moins de temps qu'il ne le faut pour le dire, cette silhouette de femme aux allures d'hommes retraversa la rue, pénétra dans une autre voiture, qui l'attendait garée sur la place elle-même et dont elle possédait apparemment déjà la clé de contact, puis démarra en trombe cette fois-ci… sans doute plus que satisfait(e) de sa nuit. Et jamais les deux enquêteurs de l'A.P.A. n'apprendraient donc son secret le plus intime, à savoir qu'Adam Levreux, selon son nom de baptême, en véritable cas que Sigmund Freud eût aimé faire s'asseoir sur son divan, n'opérait que sous l'apparence d'Ève. Une apparence féminine rendue possible grâce à une astuce de travestissement, une combinaison de femme complète acquise via la Chine ; une femme à enfiler donc [18] !

Tout en regardant s'en aller en trombe le nouveau véhicule de leur voleur-voleuse, Erker s'inquiéta.

— As-tu pu voir dans quelle bicoque il ou elle s'est rendue ?

— Oui ! Max a tout enregistré. Je suis déjà en train de rechercher le nom de son propriétaire. Ah, voilà ! Il s'agit d'un certain Jonas Prestemain.

— Sheisse [19] ! grommela son collègue entre ses dents. Avoir un nom pareil, dans une telle profession, cela ne s'invente pas ! se marra-t-il ensuite. J'espère qu'il ne va pas filer tout de suite et que l'on va pouvoir se reposer un peu.

Quoi disant, il se cabra tout d'abord afin de se détendre le dos puis étira ses bras et ses jambes. Il était passé cinq heures du matin et il était crevé lui aussi. Cependant, chevaleresque, en se tournant vers son amie Floriane qui venait d'enfin enlever ses lunettes de réalité augmentée, il lui proposa d'être la première à se reposer un peu.

— À toi l'honneur ! la pria-t-il donc fort diligemment en la désignant du menton. Passe-moi les lunettes que je monte la garde pendant ce temps et que je puisse suivre de loin ce que va faire ce gentil Jojo-main-agile-là à présent.

---

[18] Authentique. Ce genre de combinaison existe en effet... et est notamment fabriquée en Asie.
[19] M...

Floriane Nowak ne se fit pas prier. Ses yeux étaient tous rougis à force d'avoir dû regarder si près un écran puis son cerveau était épuisé, mais surtout d'avoir été obligé d'être attentif tellement d'heures consécutives. Dès qu'elle ferma les yeux d'ailleurs, elle s'assoupit. Mais, une heure plus tard environ, Erker la secoua gentiment.

— Eh ! meine schöne [20] Boulette, réveille-toi ! Ça bouge chez le jojo…

Floriane ouvrit donc ses larges yeux bleus puis les écarquilla, se massa un peu le visage, qu'elle avait ovale, remit en place ses blonds cheveux – de la même couleur jaune d'or que ceux d'Erker qui la fixait de ses yeux d'un bleu plus clair et pâle que les siens – et lui lança :

— Deux croissants et un café, s'il vous plaît, M'sieur !

Ce à quoi l'Allemand, fort sérieux, se contenta de répliquer :

— C'est bien le moment. Le gaillard vient de démarrer. J'ai heureusement découvert et localisé sa voiture, une petite Lancia, puis Max la pucée, lui révéla-t-il ensuite fier de lui parce qu'il n'était pas des plus doués avec le drone vu que c'était elle qui s'en occupait généralement. Euh, désolé, fit-il enfin visiblement fort ennuyé par ce qu'il allait formuler comme demande, mais pourrais-tu remettre les lunettes, s'il-te plaît ?

---

[20] Ma belle.

Retrouvailles

Depuis le coup de téléphone d'Alex du jour précédent, beaucoup d'eau avait coulé sous les ponts déjà. Par exemple, ce matin, son ami normand avait de nouveau contacté Bob afin de lui annoncer une bien mauvaise nouvelle. Le soir même, lui avait-il confié tristement, le livre d'Heures dont il lui avait parlé la veille avait été volé dans le laboratoire d'analyse où l'avait placé Greg Lamarche… dans un coffre-fort pourtant. Et non seulement le livre, mais aussi les deux lettres ainsi que leur traduction. Bref, tout ce qu'avait trouvé son ami Greg, hormis le pendentif, avait disparu comme par enchantement…

Le Français était dégoûté et pestait sans arrêt en lançant au ciel tout plein de « manghja merda, de maledatti ladri, de bastardi, de Baullò, etc. » Aussi fut-il fort réjoui d'entendre son fidèle compagnon d'aventure lui proposer de venir le rejoindre en Belgique au plus vite. Un pays dans lequel ils se retrouvaient de toute façon des plus régulièrement depuis des années… bien que pas toujours pour y demeurer.

— Tu ne vas pas le croire, lui avait glissé Bob entre deux jurons corses lancés par Alex, mais… je crois que je tiens déjà un bout de piste.

Un silence se fit soudain entre eux. Un silence que brisa rapidement le Namurois en précisant :

— Et, sinon une piste, pour le moins une espèce de... d'intuition.

— Que le grand Cric me croque ! avait alors tonné Alex. Sacré p'tit Belge ! J'savais bien que je ne confiais pas ces documents à n'importe qui ! Et, en même pas vingt-quatre heures en plus.

— Oh, oh, ne t'excite pas, mon lieutenant ! Ce n'est peut-être rien, hein !

Mais Alex, dèja prêt à partir, ne l'écoutait déjà plus que d'une oreille discrète et zieutait l'endroit où il avait posé sa veste et ses clés de voiture. Car il connaissait son ami Bob Lesage et savait pertinemment que, d'une manière générale, ses intuitions étaient des plus pertinentes et qu'il n'avait jamais eu à regretter de les avoir suivies jusqu'à présent. Par contre, juste avant de raccrocher, tout en se dirigeant vers son blouson de cuir brun pour en extirper ses clés, le visage empli d'une joie absolument pas feinte, il s'était encore exclamé :

— Bon sang de bois ! Mais comment t'as fait ! Greg est là-dessus depuis des mois et il n'a pas l'ombre d'un début de piste pour sa part.

Interrogation après laquelle Bob cependant, qui se trouvait dans sa jolie cuisine à l'ancienne façon Moyen-âge, une pièce remplie de meubles en bois des plus divers et précieux parfois fort chers dans laquelle un bel âtre crépitait, avait haussé les épaules en levant les sourcils au ciel et en faisant la moue puis s'était contenté de lui répondre :

— Peut-être parce qu'il n'a pas regardé au bon endroit, s'était-il ensuite contenté de murmurer à son ami Alex d'un ton de modestie absolument pas feinte. Il a cherché en France, je suppose, tandis que la solution se trouve peut-être plutôt dans l'un de ses pays voisins, avait-il ensuite précisé, à savoir en Belgique, je pense.

Puis, vu que, peu de temps auparavant, il avait été victime d'un cambriolage [21] et n'avait plus trop confiance dans les moyens technologiques modernes, le Namurois lui avait de nouveau proposé de venir le rejoindre au plus vite afin d'en apprendre plus, mais en tête à tête ; ce qu'attendait impatiemment son ami et presque frère par ailleurs.

— Je ne vais pas épiloguer au téléphone, lui avait-il dit. Viens plutôt, si tu peux, et je t'expliquerai tout cela en face d'un... d'un tout bon calva.

— Ô, comme vous savez parler aux Normands, mon ami ! Mais, saperlipopette, j'arrive tout de suite ! avait donc été la réponse plus que ravie d'Alex.

Puis il avait raccroché, bondi dans sa voiture et foncé rejoindre Bob sans même prendre la peine de dire au revoir à la jolie Fabia qu'il abandonnait – et oubliait en fait – dans son bel appartement de Rouen ; bel appartement qui, heureusement pour cette conquête d'un soir bien potelée – comme les aimait Alex –, possédait aussi une concierge fort dévouée qui se ferait un plaisir de venir la délivrer. Ainsi, quatre heures et demie plus tard seulement et le Corso-Normand était-il déjà là, apprenant à son ami belge,

---

[21] cf. Tome 2 : Bob, Alex & Fanny : « Le secret de la naïade »

dès qu'il fut sorti de sa voiture, que Greg était soupçonné à présent parce qu'il était le seul à posséder la clé du coffre-fort...

Ce à quoi Bob, en l'invitant à le suivre dans sa cuisine devant un bon feu, lui avait répondu :

— Eh bien ! Il n'a pas beaucoup de chance pour le moment, Greg. Mais, viens, allons à la cuisine ! Amandine a préparé un bon souper… euh, un bon dîner, en vérité, en France. Par contre, elle ne servira pas ce soir parce qu'elle a dû aller chez sa fille qui est malade. Lui ferais-tu peur, espèce de cannibale affamé de chair… grasse ?

Sans rien lui répondre, Alex s'était contenté de sourire en lui emboîtant le pas.

« Flûte alors ! pensa-t-il cependant. La jolie Amandine n'est pas là… »

— Donc, si je comprends bien, en résumé, tu crois qu'il s'agirait des suites d'un épisode de la bataille de Courtrai qui eut lieu en… 1302.

Bien assis dans un ancien fauteuil en bois de chêne matelassé, devant son âtre, Bob acquiesça d'un geste de la tête.

— En effet, soutint-il en même temps. Je pense que les premières lignes de la première lettre peuvent être reliées à Guy de Dampierre. Tu n'es pas sans savoir que, à cette époque-là, celui-ci était Comte de Flandre puis Marquis et Comte de pas mal d'autres lieux du Nord. Et, de plus, qu'il était en guerre contre son suzerain, le Roi de France,

Philippe le Bel, soit le même roi qui accuserait les chevaliers du Temple, les sbires du Pape, quelques années plus tard afin de s'offrir leur fortune et surtout plus de sécurité politique dans son Royaume.

Alex approuva du bonnet tout en se repaissant d'un gros zeste de son poison décidément toujours aussi bon chez son ami belge... qui avait ses adresses. Mais le Corso-Normand connaissait ses limites et n'avait aucune honte de les avouer à Bob.

— Certes, mais un petit cours d'histoire ne me ferait pas de mal, finit-il d'ailleurs par oser déclarer. Car, mis à part ce que tu viens de dire, je ne me souviens plus trop de cette période-là de l'histoire de France. Euh, les cours d'histoire, cela fait longtemps en effet...

Lacune et oubli que Bob, sans moquerie aucune, se permit donc aussitôt de combler.

— Durant toute sa jeunesse, et cette remarque possède une certaine importance, Guy de Dampierre connut des tiraillements familiaux ainsi que des luttes fratricides du côté paternel, avec ses frères germains, et du côté maternel, avec ses frères utérins. Des luttes de pouvoir entre les Dampierre et les Avesnes. Des luttes auxquelles mit fin le Roi Louis XI (11) en 1246 par ailleurs. Il décréta en effet que, au décès de leur mère Marguerite de Constantinople, la comtesse de Flandre et du Hainaut, les Dampierre recevraient les Flandres tandis que les Avesnes recevraient, pour leur part, le comté du Hainaut. Ce qui fut acté quelques décennies plus tard par contre. Or, entretemps, par mariage, Guy de Dampierre était aussi devenu Marquis de Namur...

Surpris, Alex l'interrompit :

— Marquis ? Mais je pensais que Namur n'avait jamais été qu'un comté.

— Mmmm, fit Bob, disons que, à cette époque, pas mal de marquisats virent le jour pour disparaître assez rapidement par la suite. Et, si cela peut te rassurer, peu de gens sont au courant, aujourd'hui, y compris à Namur, de ce fait que cette cité fut jadis un marquisat en même temps qu'un comté. Qu'importe ! À cause de sa politique trop profitable à la plèbe, aux gens du peuple donc, Guy de Dampierre finit par se mettre à dos tous les commerçants et négociants des villes flamandes. Bourgeois, qui firent alors appel à Philippe le Bel afin qu'il vienne remettre au pas cet espèce de Robin des villes qui les gênait. Celui-ci profita donc d'une tentative d'alliance entre la maison des Dampierre et celle des Plantagenêt d'Angleterre [22] que ses espions lui avaient rapportée – via un mariage – pour lui déclarer la guerre et venir au secours de tous ces « pauvres » commerçants de Flandre qui avaient été obligés de rendre des comptes à leur comte en fait ; raison de leurs plaintes... et de payer des impôts qui étaient aussitôt redistribués aux pauvres. En revanche, ce que n'avaient pas prévu ni les Bourgeois ni le Roi de France, c'était que Guy, de par ses allures de héros aimé du peuple, avait avec lui tous les gueux ; qui ont toujours été plus nombreux que les bourgeois ou les nobles. Aussi, bien que les armées de Philippe le Bel eussent remporté plusieurs batailles, à Furnes puis à Lille notamment, dès qu'il

---

[22] Un mariage entre sa fille, Philippine, et le futur Roi d'Angleterre, Édouard II.

emprisonna le vieux seigneur un peu trop démocrate et pas assez complaisant avec lui et les riches ou les marchands, les fiers chevaliers français furent-ils fort surpris lorsque, en 1302, le peuple de Bruges se révolta purement et simplement contre eux ; chevaliers qu'ils vainquirent de surcroît et jetèrent hors de leur ville durant ce que l'on appelle les mâtines de Bruges.

Ensuite, Bob s'arrêta de parler puis, voyant son ami en train de zieuter son verre déjà vide avec du vague à l'âme, se permit une question :

— Tu suis toujours ?

— Euh... oui, répondit Alex. Les... les Mâtines de Bruges, disais-tu. Désolé, je pensais à tous ces conflits qui auraient pu être évités si ceux qui se connaissent et s'en veulent à mort arrêtaient d'envoyer au casse-pipe des gens qui ne se connaissent pas et ne demandent le plus souvent qu'à vivre en paix.

Bob fit une grimace.

— Fichtre, mais on devient philosophe avec l'âge ! se moqua-t-il ensuite gentiment de son ami.

Puis il n'ajouta rien puisqu'il était tout à fait au courant que, vu son ancien métier, son presque frère savait très bien de quoi il parlait. Au lieu de cela, il continua ses explications... qui tournaient un peu autour du pot par contre, pensait Alex.

— Donc, deux ans après que Philippe le Bel eut annexé les Flandres, la population brugeoise fut l'étincelle qui mit le feu aux poudres. Car, là-dessus, d'autres cités prirent en effet le chemin de la révolte pour faire libérer leur comte emprisonné. Ce qui fait que le Philippe le Bel fut de nouveau obligé d'y envoyer une armée. Mais, cette armée, dirigée par le comte Robert d'Artois, grand-père du futur homonyme qui finirait par trahir la France au profit de l'Angleterre pour avoir enfin le droit de jouir du seul comté d'Artois qu'avait obtenu sa tante Mahaut, cette armée-là ne fut pas à la hauteur de ses espérances en effet. Le Comte d'Artois, en véritable aristocrate qu'il était, trop suffisant, trop fier et trop sûr de lui, croyant avoir affaire à des paysans sans cervelle – et pas du tout capables de vaincre les chars d'assaut qu'étaient les chevaliers à cette époque –, ne tint pas compte du terrain… un truc qui, tu le sais mieux que moi, est primordial pourtant.

À cela, Alex, en tendant son verre afin que Bob le remplisse de nouveau, se contenta tout d'abord de sourire puis eut un geste affirmatif.

— Aussi les chevaliers tombèrent-ils dans le piège que leur avait tendu leurs rusés adversaires ; paysans, certes, mais fins connaisseurs de leurs terres. Devant Courtrai, en juillet de la même année que les mâtines, soit en 1302, ils obligèrent les chevaliers alourdis par leurs armures, armes, chevaux caparaçonnés, selles ouvragées, étendards et autres babioles de guerriers, à s'enliser dans une zone si humide qu'ils y furent coincés tout le temps que dura la bataille… le massacre, devrais-je dire. Un massacre qui trouverait sa revanche quelques années plus tard, mais cela, c'est une autre histoire. En attendant, après ce massacre, les troupes de Flandre, fort réjouies d'avoir niqué les envahisseurs français, se mirent alors à partager un trophée devenu célèbre en Belgique… les éperons d'or. Des éperons en plaqué or que portaient fièrement les susdits chevaliers et qui furent apportés jusque l'église Notre-Dame de Courtrai puis suspendus au plafond en signe de victoire populaire avant d'être récupérés par la France… quelque 80 ans plus tard.

— Mais quel est le rapport avec cette lettre ? se permit d'intervenir Alex qui ne comprenait pas du tout où voulait en venir son ch'ti Belge adoré.

— J'y viens, j'y viens, pas d'impatience ! le rassura Bob en s'amusant de l'habituelle impétuosité un peu fébrile dont faisait preuve le Corse en Alex. Il me paraissait important de te remémorer ces histoires pour te permettre de mieux comprendre ensuite mon raisonnement quant à cette lettre justement. Une missive que je pense avoir été rédigée par Jeanne d'Harcourt, fille de Jean d'Harcourt et épouse de l'un des nombreux descendants et successeurs du marquis de Dampierre. En effet, celui-ci se maria deux fois. De son premier mariage, il eut toute une flopée de gosses, neuf en tout, puis de son second aussi, huit, dont Jean Ier, qui fut fait Comte de Namur en 1297 puis Marquis en 1305, à la mort de son père. Or, son fils Jean Ier, mais avec sa seconde épouse seulement quant à lui, eut lui aussi plusieurs enfants, dont sept garçons et quatre filles.

En entendant des chiffres si élevés d'enfants survivants aux multiples dangers de l'ignorance quant à la propreté et à l'hygiène qui régnait à cette époque, Alex ricana tout d'abord.

— Oh, l'heureuse famille que cela a dû être ! lâcha-t-il débonnaire.

Puis, plus sérieusement, il demanda à Bob :

— Et ils ont survécu longtemps ?

Parce que, à cette époque-là, d'après ce qu'il en savait, si beaucoup de naissances avaient lieu, fort peu d'enfants survivaient plus de quelques mois ou années. Dans beaucoup de milieux, y compris parmi les nobles et les riches, la plupart des bébés mourraient soit à l'accouchement, soit dès qu'ils souffraient de maladies devenues bénignes de nos jours, comme la varicelle, la rougeole, la variole, la dysenterie, la grippe, voire la syphilis ou la lèpre, etc., soit encore à la suite de blessures et de plaies mal soignées. Par contre, ce qu'Alex paraissait ne pas savoir, et que lui apprit Bob Lesage dans la foulée, c'était que certains nobles avaient fini par acquérir de petites notions d'hygiène. Des notions qu'ils avaient rapportées des croisades grâce aux connaissances des médecins musulmans et juifs.

— Eh oui ! lui affirma son ami en guise de réponse. La plupart ont survécu plus de dix ans. Mais leur grand-père Guy n'avait-il pas participé à la croisade de Saint-Louis ? Aussi n'est-il pas si surprenant qu'il y ait appris certaines notions d'hygiène comme la nécessité de se laver les mains pour une sage-femme avant de pratiquer un accouchement ou l'importance de se laver certaines parties du corps et de ne pas non plus se commettre avec toutes les femmes qu'ils rencontraient... n'importe où et n'importe comment.

Le Français ne releva pas l'allusion et la conversation tomba donc soudainement. Mais Bob la releva tout de suite.

— En revanche, ses descendants, dont le Comte et Marquis Jean Ier de Namur, eurent moins de chance que lui. Le comte Jean Ier perdit l'un de ses fils, le quatrième, en premier lieu. Puis, quelques années après, trois autres moururent à un an d'intervalle chaque fois, de 1335 à 1337, en permettant de la sorte au cinquième, le petit Guillaume, alors âgé de 13 ans, de devenir Comte de Namur en 1337. Or, si ce dernier ne dérogea pas à la tradition familiale des deux mariages au moins, de son premier, tout comme son père, il n'eut aucun descendant sinon une fille morte en bas âge puis, de son second, il en eut trois, deux garçons ainsi qu'une fille. Un Guillaume, un Jean et une Marie... qui ne vécurent pas très vieux ni l'un ni l'autre.

Soudain, Alex se gratta les cheveux. Une tignasse dure et noire qu'il portait en brosse et qui accusait encore la dureté de son visage taillé au couteau ou à la hache. Un faciès de brute que, par bonheur, le pli insouciant de ses lèvres venait un peu adoucir.

— Euh, excuse-moi, mais je suis un peu perdu là, lui avoua-t-il alors franchement. Il n'est toujours pas question d'une Jeanne ici, soit l'autrice de la lettre... puis la date indique tout de même le 15e siècle, pas le 14e !

Et, en tâchant tant bien que mal d'imiter l'accent et le patois du cru, en guise de plaisanterie, il lança :

— Mais Cré'milliard ! C'est ti donc ben vrai que les Namurwès sont lents comme des escargots ?

Il faisait allusion à l'emblème de la ville de Namur, un escargot, dont l'origine trouve probablement à la fois naissance dans le fait qu'il s'en trouve beaucoup – et qu'on les y dégustait avec plaisir –, mais aussi, et surtout parce que le patois que l'on y baragouine, un des wallons, est un langage particulièrement lent par rapport à celui des autres régions de Wallonie. Ce à quoi Bob, du tac au tac, lui fredonna alors un petit refrain bien connu de la région :

— Mais quand ils sont dedans…

Évidemment, depuis qu'ils se connaissaient, plus de vingt ans, le Corso-Normand avait tout de suite saisi le sous-entendu de son ami. Bob venait de lui rappeler une célèbre chansonnette estudiantine dont la décence m'interdit toutefois de dire plus sinon qu'elle se continue comme ceci : « ils y sont pour longtemps ! » Aussi sourit-il de toutes ses dents, ce qui lui donnait un air terriblement féroce de requin par contre, en tendant la fossette de son menton imberbe à l'extrême au point où elle paraissait disparaître.

— Je reprends le court de mon récit, si tu permets, recommença Bob. Donc, à Jean Ier de Namur, sur lequel je reviendrai, succéda Guillaume Ier puis Guillaume II, en 1391. Lequel, après un premier mariage sans enfant, épousa une certaine Jeanne d'Harcourt, la voici ta Jeanne, avec qui il n'eut pas de descendants puis mourut au début de janvier 1418, le six du mois. Ce qui fait qu'il laissa donc le comté et marquisat de Namur à son bon à rien de frère Jean III. Un bon à rien que les plaisirs de ce monde, le jeu, la luxure et les dettes qu'elle entraîne finiraient par pousser à revendre ses titres et propriétés à la famille des Ducs de Bourgogne. Cela en guise de pied de nez au Roi de France qui, depuis des années, avait maille à partir avec ce trop puissant vassal. Tu comprends maintenant où je veux en venir, conclut-il en se penchant vers son ami.

— Oh que oui ! fut la réponse d'Alex

Alex qui, d'un bond, se releva de son siège en faisant se raidir un peu Bob qui s'était penché vers lui.

— Donc, d'après toi, dit-il en même temps, ce serait l'épouse de ce Guillaume-là qui, quelques jours avant sa mort peut-être, soit aux environs du 6 janvier 1418, aurait fait disparaître le trésor. Mais pourquoi as-tu parlé des éperons d'or de la bataille de Courtrai ? finit-il toutefois par l'interroger toujours un peu dubitatif.

Ensuite, il se rassit, tendit encore une fois son verre à Bob, qui le remplit à raz-bord cette fois-ci, puis avala d'un trait l'alcool qu'il contenait en balançant, presque une main sur le cœur, la célèbre tirade qui accompagne ce geste brutal pour la gorge et l'estomac dans sa région maternelle :

— Trou normand !

Et Bob, avant de lui répondre, accomplit en même temps que lui le même rituel un peu sauvage.

— Eh bien ! fit-il ensuite. Une légende existe à propos de la participation du comte Jean de Namur à cette bataille de Courtrai. Une bataille connue depuis lors, d'ailleurs, sous le nom de bataille des éperons d'or. En effet, selon plusieurs historiens de cette époque, mais aussi actuels, celui-ci n'aurait pas eu le temps d'arriver avec ses troupes jusque-là. Prétextant leur lenteur en même temps que le peu de temps qu'ils avaient pour franchir une telle distance. Or, bien que, quelques de jours plus tard, Jean et ses Namurois prirent la cité de Lille, il n'y a donc jamais eu aucune preuve ni aucun témoignage direct concernant leur participation à cette bataille de Courtrai. Aussi ai-je l'impression que, outre la chasse en ivoire qui doit valoir à elle seule une petite fortune si mon hypothèse à son sujet s'avère exacte, à savoir qu'il s'agit probablement d'une relique réalisée par l'orfèvre Hugo d'Oignies dont une partie des chefs-d'œuvre est conservé à Namur, aussi ai-je l'impression que le trésor en question est constitué de quelques exemplaires de ces célèbres éperons d'or aujourd'hui disparus.

— Une preuve d'une… d'une grande défaite française, en somme ! le coupa encore une fois Alex qui avait cette fâcheuse manie-là.

— Ou d'une excellente victoire des peuples belges associés ! Comme tu sais, une devise est toujours un idéal absent de la réalité, se moqua-t-il enfin de la devise de son pays disloqué, à savoir « l'union fait la force ».

— Oui, oui, je me souviens bien de la conversation que nous avons eue à ce sujet. Les peuples placent au frontispice de leur royaume ou république leurs rêves les plus désespérément absents de leur réalité vécue, se rappela Alex à voix haute. Des idéaux qu'ils souhaitent de voir advenir, car ils savent qu'ils n'existent pas parmi eux justement. Des manques, donc. Des frustrations qui ont donné naissances à des buts à atteindre. L'union pour ton pays tricéphale, trois fantasmes conceptuels pour le mien, l'abandon d'une sinistre réalité pour les Anglais, etc. En tout cas, j'imagine que les politiciens de ta province natale seraient heureux de retrouver de tels artéfacts, non ?

— Probablement, convint le Namurois. Mais aussi les conservateurs de musées et les historiens qui pourraient ainsi mettre un terme à une controverse vieille de 700 ans. En revanche, de pouvoir lire la première lettre ne nous avance peut-être pas quant à la compréhension de la seconde. Seconde lettre dans laquelle, si tu te souviens bien, il est fait allusion au livre… qui a malheureusement été volé. Nous avons néanmoins un début d'explication pour la lettre de Jeanne. Laquelle serait alors libellée de la façon suivante, je pense…

Et il lui tendit alors un document rédigé à la va-vite pendant qu'il attendait son ami français. Un document manuscrit sur lequel il avait ajouté les mots manquants supposés à la lettre de la comtesse de Namur.

> 6 (ja)nvi(er) 14(18)
>
> Moi, Jeanne (fille de Jean d'Harcourt) et épouse du Comte de (Namur), (Guillaume de Dampierre), confesse en cette lettre avoir agi pour le bien de mes sujets et non pour soustraire leur nom au lustre et aux honneurs qu'ils méritent à la suite du courage et de l'abnégation dont ils ont fait preuve à la (bataille de Cortryck) … par (Jean ? de Namur ?), époux de (Marie d'Artois), le grand-père de mon époux, caché dans les bois, ils ont empêché puis occis tout plein d'ennemis qui tentaient de fuir le … père les avait fait tomber. Cela en sachant que personne ne les verrait agir ni ne pourrait en témoigner. Ce faisant…, ils ont aussi empêché que (Messire Robert) parvienne à obtenir des troupes fraîches…, c'est-à-dire s'échappe du champ de bataille. C'est d'ailleurs à eux que l'on doit la mort de cet homme maudit. Cet être qui

vécut plus comme un ours ou un chien de guerre qu'en tant qu'être humain. Ce maudit dont les mains étaient pleines de sang innocent et l'âme remplie de noirceur. Ainsi parvinrent-ils à soustraire aux cavaliers qu'ils tuèrent plus de cent (éperons). Cent (éperons d'or ? en guise de preuve de leur) participation discrète, mais efficace à cette grande victoire. (Cent éperons qu'il) envoya à sa mère, Marie, qui fut chargée de les conserver à l'abri. Toutefois, le seigneur Jean du (Hainaut) … ennemi du marquis et du comte son fils (avait des espions ?) … Des espions qui parvinrent à dérober une grande partie de ces (éperons afin de faire disparaître) à jamais les preuves du haut fait d'armes accompli cette année-là par les chevaliers de Jean. Ce qui fait que Marie, Dieu ait son âme, prit la décision de faire dissimuler ce trésor symbolique surtout, dans une chasse d'ivoire. Une des sept merveilleuses chasses d'ivoire des 33 pièces du trésor qu'avait réalisées le frère Hugo (d'Oignies) … coffret sacré, de cache sûr. Elle la fit donc ouvrir par un moine de l'ordre des Chartreux, l'un de ceux qui, illettrés de surcroît, avaient fait vœu de silence absolu, et y fit placer les dix (éperons) ayant échappé au vol … des (trois) enfants de Guillaume. Or, seul mon époux a reçu en héritage à la fois ce secret et ce précieux reliquaire. Un reliquaire de Saint-Denis, en ivoire, que j'ai décidé de faire dissimuler néanmoins par mon propre confesseur parce que mon époux est si malade aujourd'hui que je crois devoir le faire rapidement, vu que celui qui héritera du comté, Jean (son cadet), est beaucoup trop prodigue, pour qu'il ne revendît (pas le comté…) afin de mener cette vie lucullussienne qu'il a

> choisi de vivre jusqu'à présent. Et je gage qu'il en perdra d'ailleurs la charge, voire le vendra pour ce faire ; honte soit sur lui ! Aussi ne puis-je décemment lui confier cet héritage si précieux dont avait la charge sa famille depuis (Cortrijk). J'ai confié à mon fidèle confesseur (Norbert de Damme), très humble, très pauvre et très (Saint) homme... (Franciscains) le coffret puis, en l'espace de deux messes dominicales (*une semaine*), il m'a confié le second (parchemin).

Le pays brun...

Dans ce « pays noir » qu'est la région du Hainaut, noir à cause du charbon qui en fut extrait si longtemps jadis, se trouve un plus petit pays, un micro pays. Un micro pays qui n'a de pays que le nom, celui de « Carnotus », c'est-à-dire Charleroi. Un pays surtout symbolique dont les plus importantes hauteurs sont six terrils devenus des réserves naturelles. Un micro pays qui est donc presque plat et que traverse, pour son malheur, le lent fleuve Sambre. Pour son malheur puisque cette région est, et a toujours été, des plus industrielles et donc des plus polluantes pour celui-ci et ses affluents. Ce qui fait que, sans y disparaître pourtant de la surface, ce fleuve s'y meurt presque chaque jour à force de devoir y avaler des tonnes de déchets puis de parvenir à rejoindre, souffrant le martyre, son amoureuse à Namur, la Meuse, alors chargé d'une haleine pire que celle d'un bouc. Ô, pauvre Meuse !

Quoi qu'il en soit, bien que la ville moderne se trouvât dans le Hainaut aujourd'hui, il n'en a pas toujours été ainsi. En effet, du 9e au 17e siècle par exemple, la partie sise sur la rive gauche, l'actuelle ville haute de Charleroi, appartenait au Comté de Namur tandis que la partie droite, la ville basse, dépendait quant à elle de la bonne volonté des Prince-évêques de Liège. Par la suite, à l'instar de la plupart des villes de Belgique, elle passa entre toutes les mains… ou les cuisses. Les espagnoles, les hollandaises, les françaises, les Germaniques, etc. Cela parce qu'elle était bien située, mais aussi parce que, au moins depuis le 17e siècle, l'on y puisait de la houille ; cet or noir qui rendrait si riche la Belgique industrielle du 19e grâce au « coke » notamment. Un charbon d'une grande qualité qui fut si utile pour l'industrie de l'acier. Or, c'est à cette époque si lucrative que Charleroi commença de s'étendre grâce à la construction de bâtiments qui, à ce moment-là, en dépit de leur petitesse et du fait qu'il s'agissait de cités ouvrières, possédaient toutes sortes d'innovations citadines des plus alléchantes. Que l'on se souvienne qu'il n'était pas rare alors, dans les campagnes, de ne posséder qu'un sol de terre battue dans une demeure de murs de torchis et de bois plutôt que de pierres ou de briques rouges par exemple ; lesquelles briques recouvraient par contre les murs de ces nouvelles bâtisses dont le sol était généralement en carrelage. De plus, il s'agissait de petites maisons, certes, mais qui possédaient toutes un âtre et une cheminée, pas seulement un fourneau au centre d'une pièce enfumée donc, ainsi que des fenêtres de verre avec des volets, des toilettes situées souvent dans le jardin – et pas dans l'habitat lui-même –, source de maladies pour laquelle les architectes avaient pensé à cette heureuse mesure prophylactique. Bref, plein de détails qui, aujourd'hui, paraissent fort désuets, sinon obsolètes, mais qui étaient des plus pratiques à cette époque. De telles maisons en brique pouvait être chauffées pour pas trop cher, de surcroît, car elles collaient les unes aux autres. Avec parfois un évier et des meubles compris dans le lot, elles attirèrent d'ailleurs un grand nombre de gens qui n'étaient pas fermiers, ne possédaient pas de terres, n'étaient pas commerçants ou artisans et ne savaient donc pas trop quoi faire de leurs dix doigts dans les campagnes ou dans les villes. Des lieux dans lesquels ils ne pourraient jamais espérer vivre dans de telles demeures si cossues pour eux finalement. Par contre, ce qui est marquant de nos jours, dès que l'on quitte l'autoroute au niveau de Mont-sur-Marchienne, c'est-à-dire ce qu'avaient fait Floriane et Erker lorsqu'ils suivaient leur voleur, c'est la grande différence qui existe entre le bout de la nationale 53, la route de Bomerée sur laquelle on aboutit, et celui sur lequel on parvient en la suivant vers la vaste cité noire du pays noir, soit juste avant qu'elle ne prenne pour nom celui d'avenue Pasteur en fait, à l'autre bout de la place Roger Desaise ; là où les deux détectives privés avaient localisé la personne qui avait reçu le produit du larcin commis en France donc.

Car, effectivement, au début de la nationale, tout autour de vous se dressent de belles demeures récentes qui possèdent toutes ou presque un jardin bien entretenu. Il s'agit de maisons de notables, d'industriels, de commerçants, de commissaires ou de hauts fonctionnaires, de députés ainsi que de sénateurs, etc. – bref, il s'agit des petits fiefs du gratin. De petits fiefs qui étaient jadis parsemés de prairies ainsi que de bosquets, mais qui, au prix où sont les terrains à présent, ne sont plus espacés que par leurs haies de plus en plus maigres ou exotiques. Cela tandis que, dès que vous atteignez l'ancienne partie de cette chaussée, celle dans laquelle les « belles » cités ouvrières se dressaient jadis, vous remarquez tout de suite que, de beau, celles-ci ne possèdent même plus le souvenir. Car ces maisons autrefois si prisées font aujourd'hui penser à de vulgaires trous de Hobbits. Des trous plus ou moins colmatés ici et là. Bon, j'exagère un peu ! Quelque politique éclairée – une fois n'est pas coutume – a permis à un grand nombre de miséreux de bénéficier d'avantages qui leur ont rendus possible de les rendre un peu moins décrépites et de faire croire en une apparente richesse ou, sinon d'y faire croire, de masquer a minima la véritable pauvreté aux yeux de qui y passe seulement. Toutefois, en dépit de tout ce qu'ils ont pu faire pour elle, les édiles de la commune ne sont pas encore parvenus à en faire disparaître tous les taudis et toutes les ruines. Des taudis et des ruines menacées par une loi sévère, en Belgique, amendant les propriétaires de biens immobiliers laissés à l'abandon, mais que l'on ne peut pas détruire sans avoir averti le susdit propriétaire. Or, c'est là que le bât blesse, retrouver ces derniers n'étant pas toujours chose aisée. D'autant plus que certains de ces taudis ou ruines servent à de tout autres choses qu'à vivre ou à dépérir. La prostitution des rues y trouve des chambres gratuites « à vos risques et périls » ; les drogues telles que l'héroïne ou la cocaïne, un marché couvert tout à fait compatible avec l'image qu'en ont certains de ses adeptes ; les clochards, un havre ; les violeurs, un terrain de chasse ; et les enfants, un simple endroit mystérieux tout empli d'aventures… possibles. Puis d'autres sont seulement des boîtes postales ou de simples lieux de rendez-vous. Bref, tout plein de difficultés qui ont pour résultat que, de temps à autre, l'un ou l'autre de ces taudis, l'une ou l'autre de ces ruines, gisent encore ici ou là dans les communes limitrophes ou dans la cité elle-même et servent parfois, à plein temps, à toutes sortes de combines rarement aussi juvéniles que les aventures imaginaires que se fait un gosse dans un bunker, un vieux château ou une simple bâtisse grignotée par le temps. Ce sont là, d'ailleurs, autant de raisons qui ont poussé les autorités des cités belges à faire rénover ou à détruire tout bonnement ces chancres de la vie citadine dans lesquels régnait une bien trop grande promiscuité entre tout ce petit monde-là des toxicos, des pauvres hères, des agresseurs et des victimes puis des curieux ou des enfants surtout.

Par contre, ne souhaitant pas vous dresser un portrait trop noir du pays noir – qui n'a de noir que le nom, je vous l'assure –, je voudrais signaler que, en plus de belles forêts, de jolis étangs tout remplis de délicieux poissons, de vastes étendues de terres cultivées et tout plein de jolies couleurs dues aux fleurs, aux arbres ainsi qu'aux constructions humaines, la plus grande richesse de ce pays noir est surtout la bigarrure de ses habitants ; lesquels, c'est connu en Belgique, comme souvent dans les anciennes villes ouvrières, sont parmi les plus agréables compagnons de Wallonie en effet. Et pas seulement en ce qui concerne le lever de coude que pas mal de gens ont pourtant bien musclé là-bas ! Néanmoins, revers de la médaille, à côté de cet aspect festif et cordial de la plupart des Carolos, comme on les appelle, se trouve aussi un côté bandit, à la limite maffieux, de quelques-uns. Ce n'est d'ailleurs pas pour rien que, à l'instar de la ville de Liège, une autre ancienne ville du charbon par ailleurs, les pires criminels de Belgique y virent le jour où s'y égaillèrent tels des pinsons. Un oiseau dont le chant est connu pour être constitué d'une série brève, mais vigoureuse, de notes descendantes s'achevant sur une fioriture plus complexe qui rappelle le chant des mitraillettes immédiatement suivi du râle final de la ou de leurs victimes. En outre, en compagnie de celle de Bruxelles et de celle d'Anvers, ne s'agit-il pas d'une des trois villes les plus dangereuses de Belgique au niveau de la criminalité globale ? Laquelle criminalité augmente de plus en plus en raison d'une horrible réalité qui touche ces trois cités et qui tourne autour du commerce de l'héroïne rose ou brune ainsi que, et surtout de nos jours, de la cocaïne, voire des drogues de synthèse qui s'y sont répandues comme les feuilles d'un arbre se répandent tout autour de lui en automne.

Car, pour son plus grand malheur – et celui de ses honorables citoyens –, en plus d'avoir eu pour concitoyens des pédophiles et des assassins ou des bandits notoires, honnis de tous les Belges aujourd'hui, tandis qu'il neigeait tant et plus sur Anvers et Bruxelles – à tel point où l'on peut se demander si la plante de coca n'y pousse pas entre les pavés ou dans les caves et les greniers –, le pays noir se recouvrait pour sa part, et plutôt, d'un tout sale et très puant brun merde… ou rose lorsque l'héroïne provient d'Asie. Une horrible réalité qui ne fait jamais qu'accroître et la misère et le danger à cause de la dépendance ainsi que des affreux besoins qu'elle entraîne ou des actes criminels auxquels elle conduit le plus souvent. Or, c'est justement devant l'un de ces endroits plutôt sordides que Jonas Prestemain, un petit homme au faciès rabougri et aux cheveux gris cendre qui sortit de sa maison située place Roger Desaise vers onze heures environ, devait conduire les deux détectives privés.

Selon ce qu'ils avaient pu constater, celui qu'ils suivirent dès qu'il remonta l'avenue Pasteur en direction de Charleroi devait avoir une cinquantaine d'années. Il mesurait environ 1 m 60 ou 65, possédait une tignasse filandreuse dont les cheveux mi-longs recouvraient un front haut tout en laissant apparaître une calvitie naissante. Et, s'ils ne purent distinguer son visage, ils virent cependant, à sa démarche, que ce gaillard avait probablement tout traversé comme tempêtes existentielles ; et y avait survécu, Dieu sait par quel miracle ! Oui, c'était l'étrange idée qui naissait lorsque l'on regardait ce type-là. C'était un survivant. D'ailleurs, tout de suite, ils avaient pu constater à quel point ce Jonas Prestemain était maigre... à faire peur. Ils suivirent donc cette espèce d'échalas ou de fil de fer vivant qui conduisait, en outre, d'une manière fort nerveuse tandis que beaucoup de voitures circulaient. Erker, qui n'aimait pas du tout conduire de cette manière agressive qu'avait adoptée celui qu'il tentait de suivre la plus discrètement possible, jura :

— Scheisse ! Mais a-t-on idée de conduire comme ça tandis que l'on transporte un truc volé qui vaut autant de pognon ? Faut être dingue !

— Ou en manque, glissa Floriane finaude.

— En manque ? Quoi, tu penses que ce gars est un tox²³ ?

— J'en suis à peu près sûr, oui ! Tu n'as pas remarqué sa maigreur excessive puis, surtout, à tel point il tremblait en se dirigeant vers sa voiture ?

Son compagnon eut alors un geste de dénégation de la tête que ne put percevoir Boulette, trop occupée à mirer dans ses lunettes de réalité augmentée le chemin tracé par leur voleur.

— Il prend par la droite, lui dit-elle. La rue de la Villette. C'est une rue juste derrière la gare.

— O.K., fit Erker. J'accélère un peu pour ne pas le perdre ce zozo.

Et il le rejoignit juste au moment où, au lieu de prendre l'autoroute, ce qu'ils avaient pensé qu'il ferait, Jonas Prestemain parvint au bout de cette rue qui n'a rien du tout de folichon, toute bordée qu'elle est, à droite, de maisons de plus en plus en miettes en dépit des tentatives que leurs propriétaires ou locataires ont de les maintenir à peu près salubres puis longeant les rails de la voie de chemin de fer à sa gauche surtout. De là, leur facteur tourna vers la ville basse, remonta la rue de l'écluse, tourna au rond-point, s'engagea dans la rue du Pont-Neuf puis termina sa course toujours un peu folle dans une petite rue adjacente à celle-ci, celle de Montigny. Une assez jolie rue en fait, au moins dans ses débuts, à ce que put constater le conducteur en un rapide coup d'œil. Un début de rue flanqué de maisons rénovées, en briques rouges ou brunes, avec

---

²³ Toxicomane.

des balcons de pierre munis de balustrades en fer forgé ainsi que des façades aussi propres que les trottoirs. Par contre, au bout de cette rue-là, l'Allemand put aussi constater, avant de s'arrêter – car Jonas Prestemain s'y gara en effet –, l'Allemand put constater que le charme bourgeois de celle-ci décroissait au fur et à mesure qu'elle atteignait le vilain pont au-dessus duquel passe le ring et sous lequel elle se continue ; ne laissant place qu'à des ruines justement. Car, là, juste au carrefour entre la rue de Montigny et la rue d'Assaut qui longe le ring, en face de la piscine Hélios donc, le voleur s'arrêta devant l'un de ces taudis insalubres dont je vous parlais ; l'un de ceux qui font tache dans le paysage.

— Il s'agit d'un ancien magasin au nom évocateur de Bazar de Marrakech, lâcha Floriane.

Jonas sortit alors de sa voiture, mais les deux enquêteurs ne le virent rien prendre avec lui qui ressemblât à un paquet. Peut-être que cette visite n'avait rien à voir avec le vol, en réalité ? Peut-être venait-il seulement se fournir ? D'un geste un peu vif, Jonas Prestemain frappa trois fois au volet de la porte située au coin de cette maison noir, rose et blanc dont toutes les fenêtres étaient bardées de grilles métalliques, puis il se dirigea devant la seconde porte et y attendit quelques instants. C'était une porte de bois tout aussi délabrée, mais située un peu en retrait. Puis des planches y ayant été clouées pour empêcher quiconque d'y pénétrer par effraction. Une porte qui s'entrouvrit enfin un très bref instant et qui permit à Floriane ainsi qu'à Erker de constater à quel point, dans certaines cités belges, les échanges illégaux se font presque au grand jour. Parce que l'échange se fit là en effet, en pleine rue, sur le pas de cette porte entrebâillée dans l'ouverture de laquelle une main tendit un petit paquet en échange d'un petit objet, apparemment pas de l'argent, constata de loin l'Allemand, qui était le seul des deux qui voyait de ce côté-là. Juste une clé U.S.B. contre… de la came sans doute.

— À mon avis, tu avais raison, déclara-t-il à Floriane. Il échange de la came contre la copie des fichiers volés, je pense. En y gagnant ainsi sur deux tableaux. Il va peut-être falloir nous séparer. Tu… tu en penses quoi ?

— Oui, je suppose que tu es dans le vrai. Tu suis le gars tandis que je me poste devant cette bicoque pour savoir ce qui va en sortir, O.K. ? Par contre, il me faudra sans doute une voiture. Cela tombe bien, nous ne sommes pas bien loin du centre de location de voitures partagée qui se trouve juste devant la gare. Pour autant que j'aie eu raison… je gage que ce gars-là ne va pas repartir tout de suite, mais goûter son achat.

Erker la regarda alors avec étonnement, mais elle-même ne détourna pas les yeux de son ordinateur et était déjà en train de louer une voiture partagée.

— Crois-moi, j'en sais quelque chose à cause de ce qui est arrivé à mon frère. Un tox en manque pense avant tout à prendre sa dope avant même de penser à sa sécurité ou à regarder si des policiers sont présents, voire si des caméras le surveillent. La dépendance à cette saleté est plus forte que tout pour lui et il doit absolument prendre une dose avant d'aller plus loin… ou plus bas surtout. Juste continuer à se tuer à petit feu pour compenser ses frustrations, son manque et son insatiable envie de dériver sans gouvernail sur cette mer de douleurs qu'est pour lui la vie.

Ayant parlé de la sorte, presque poétiquement, elle enleva les lunettes de réalité augmentée et Erker put constater que le rougissement de ses yeux ne lui venait pas de ces dernières cette fois-ci. Or, vu qu'il connaissait l'histoire du frère cadet de Floriane, décédé depuis quelques années après avoir sombré dans l'héro justement, le vol, le banditisme puis le crime, il préféra se taire tout en lui tendant un mouchoir en papier.

— Je vais te confier un numéro super important, lui dit-il toutefois en lui tendant une petite carte de visite plastifiée. Au moindre problème, contacte cette personne de ma part et elle fera tout ce qui est possible pour te venir en aide ou m'indiquer où tu te trouves. Après tout, même si nous sommes reliés via notre réseau sécurisé et nos puces connectées, on ne sait jamais sur qui on peut tomber ni dans quel milieu on peut atterrir.

Car, en effet, Floriane et Erker avaient pris soin de se faire placer des puces électroniques qui leur permettaient de se localiser, mais aussi de ressentir ce qui arrivait à l'autre. Des puces qui possédaient quelques défauts par contre. Par exemple, un champ électromagnétique puissant pouvait en interrompre l'action momentanément, mais aussi certaines ondes ou le plomb. Aussi, en dépit de toute cette extraordinaire technologie, possédaient-ils toujours d'autres moyens, plus traditionnels ceux-là, tels que les éternels indicateurs ou de bonnes adresses et des alliés surtout.

Avant qu'elle ne sortît chercher son véhicule puis ne revienne se poster devant ce taudis, Floriane jeta donc un rapide coup d'œil sur la carte de visite qu'Erker venait de lui tendre.

> Monsieur Georges Deumortier
> Rue de l'abreuvoir, n°11
> Watermael-Boitsfort, Bruxelles
> 0475/345.231

Alors, un peu étonnée, sachant que cette commune-là est parmi les plus chiches de la capitale belge, elle l'interrogea avec une moue dubitative et un ton quelque peu narquois :

— Un ancien flic lui aussi, mais devenu subitement très riche depuis lors ?

— Pas du tout... mais je t'expliquerai de qui il s'agit plus tard. Faudrait pas que tu perdes trop de temps. Le Jojo va peut-être juste se prendre une petite ligne rapidement puis s'en aller dard-dard.

— M'étonnerais ! répliqua sèchement Boulette. Vu l'épaisseur du bonhomme... il se shoote [24], c'est sûr.

Puis elle le quitta sans lui laisser le temps d'émettre le moindre doute ou la moindre autre solution et remonta rapidement la rue. La gare n'étant située qu'à cinq minutes à pied pour quelqu'un qui marche vite, elle serait de retour dans un quart d'heure à peine. Soit justement le temps que

---

[24] Prendre de la drogue en injection.

demeurerait leur facteur dans sa voiture très certainement occupé à s'injecter son poison puis à attendre que l'effet de flash qu'il procure se soit un peu dissipé avant de reprendre la route. Et si, pendant ce temps, personne ne sortit de la baraque, par contre, Erker put remarquer que les rideaux à l'étage furent plusieurs fois légèrement soulevés… comme si quelqu'un attendait que ce fichu toxicomane s'en allât au plus vite. Puis, au moment même où il apercevait Floriane se garer derrière lui, il vit enfin démarrer Jonas Prestemain. Il ouvrit alors la portière de son propre véhicule, déposa quelque chose sur le trottoir à l'égard de sa coéquipière – qui se doutait de quoi il s'agissait –, puis démarra à son tour à la suite du toxico de service qui conduisait de manière bien moins brusque à présent, se réjouit-il. Cela malgré qu'il sache à quel point le conducteur qu'il avait en face de lui était devenu bien plus dangereux pour autrui à présent que la drogue coulait dans ses veines et pouvait l'amener à piquer du nez, comme on dit dans ce milieu-là, c'est-à-dire à fermer les yeux puis baisser la tête, emporté par ses rêveries sans rêves, somnolent donc plutôt que rêvant, mais risquant alors, tout comme un alcoolique, à tout instant, de causer un grave accident peut-être mortel.

Le chemin de la Rose

Afin de continuer leurs minutieuses recherches, Bob et Alex furent forcés de quitter la cuisine pour se rendre dans l'atelier ultramoderne de Bob. Parce qu'ils se ressemblaient bien plus qu'il ne pouvait sembler de prime abord ces deux-là, tout comme son ami Alex, mais à plus courte distance que lui, Bob Lesage vivait effectivement, lui aussi, dans deux mondes fort opposés. Il suffisait d'ailleurs de traverser la cour intérieure de sa ferme pour s'en rendre compte. D'un côté, celui de son logis, il vivait quasiment comme au Moyen-âge ; toutes les pièces, mise à part sa salle de bain, foisonnant de meubles en bois, de cheminées et d'âtres fonctionnels, de tableaux divers, de tapisseries mêmes, de lits à baldaquin, de tapis anciens, de vases antiques ou moyenâgeux, de statues en bois, etc. Bref, son lieu de vie était tout à fait semblable au havre que possédait son ami français en Dordogne. Cet ancien monastère dans lequel il avait fini par placer un accès Wifi, tout comme Bob l'avait fait dans son propre salon et s'était résolu d'y faire installer un téléphone. Toutefois, de l'autre côté de cette jolie cour aménagée de manière plutôt romantique, tout comme l'appartement rouennais de son ami Corso-Normand, son atelier était un monde hyperconnecté. Un monde hyper technologisé où tout était régi par la reine domotique. Un endroit à la pointe donc, qui lui valait d'ailleurs de décrocher toutes sortes de contrats de rénovations d'œuvres d'art, soit son métier-hobby ; car son état de rentier d'une fortune importante faisait qu'il n'avait guère besoin de ce genre de rentrées financières pour vivre.

— La rose d'or qu'offrit Messire Guy à Messire son fils Jean le prince, sise aux limites du Marquisat en signe de réconciliation et de paix, répéta Bob à voix haute... mais qu'est-ce donc que cette fleur-là ?

Dès qu'ils étaient entré dans l'atelier puis s'étaient vêtus en conséquence d'un tablier de travail, de gants ainsi que du filet pour cheveux qu'obligeait de porter en ce lieu son propriétaire, les deux amis s'étaient attelés à la tâche de percer le mystère de la seconde lettre. Puis, s'étant installés en face de l'ordinateur ultra perfectionné de Bob, ils avaient ouvert le fichier contenant cette seconde lettre et l'avaient relues silencieusement tout d'abord. Mais, Alex avait tout de suite prévenu son ami :

— La suite de chiffres et de lettres 4IYBA2, etc., est probablement un code, lui avait-il jeté, pas un cryptage donc. Ce qui signifie que le calcul des fréquences des lettres ne nous sera d'aucune utilité ici. Puis tu as sans doute remarqué que la clé de ce code-ci nous est indiquée de manière voilée… à savoir l'obituaire d'un certain Y.

— Oui, j'ai remarqué, avait convenu le Namurois. Mais, avant même de savoir qui est ce « i grec »-là, il me semble qu'il nous faut nous en tenir à ce que nous savons déjà. Par exemple, que si mon hypothèse tient la route quant à la lecture de la première lettre et que la Jeanne qui l'a rédigée était bien la dernière comtesse de Namur, alors le Guy dont parle la seconde lettre doit être Guy de Dampierre… qui a peut-être eu un fils qui se prénommait Jean ? Cela ne coûte rien de regarder, non ?

Ce qu'ils avaient fait immédiatement. Or, il se fait que Guy de Dampierre avait bel et bien eu un fils prénommé Jean. Un Jean qui, grâce à un habile jeu politique, était même devenu Prince-évêque de Liège. Soit une principauté qui, jusqu'alors, avait toujours été fort opposée aux comtes de Namur puis le serait de nouveau après le décès de ce Jean-là. Un bon point pour Bob, donc. Ce après quoi, en accompagnant sa question d'une moue d'étonnement mêlée de satisfaction devant cette nouvelle preuve d'intelligence de son ami, Alex lui avait demandé :

— Mais qu'en est-il des limites dont parle la lettre alors ? Puis qu'en est-il de cette Rose d'or qui garde la tombe ou la seule épitaphe de cet « i grec » inconnu ? avait-il ajouté songeur.

Le Français était visiblement fort réjoui de constater qu'il n'avait pas eu tort de croire que son ami pouvait les aider, lui et Greg. Mais Bob ne lui répondit rien du tout. Il avait l'air perdu. Pourtant, Alex sourit, car il savait très bien ce que cela signifiait. Cela signifiait que son pote carburait à fond des méninges. Car il arrivait effectivement souvent à Bob, lorsqu'ils enquêtaient ou « faisaient des affaires », de se murer dans un mutisme généralement des plus intuitifs. Génialement intuitif ! Il se plongeait dans une sorte de palais mental dans lequel il avait classé un peu toutes sortes de détails qui pourraient paraître sans importance pour n'importe qui d'autre, mais qu'il ne parvenait guère à effacer de sa mémoire pour sa part, victime qu'il était d'une hypermnésie parfois des plus difficiles à supporter tant l'oubli est important.

Enfin, au bout d'un temps qui parut infini à Alex, mais qui n'avait néanmoins pas duré plus de dix minutes, Bob lui répondit comme si de rien n'était :

— Ça, il nous faudrait nous renseigner à ce sujet ! Mille milliards de mille sabords ! Un peu d'ardeur, mon ami. Allez, au boulot ! balança-t-il en se penchant sur son clavier. Mais j'ai déjà une petite idée à ce sujet…

En revanche, il n'en dit pas plus et, tandis qu'il y effectuait de nouvelles recherches, il eut un brusque sursaut qui le fit se retourner subitement vers Alex en plissant les yeux, l'air un peu condescendant.

— Euh, par contre, lui dit-il, vu le temps qui s'est écoulé depuis la rédaction de ces lettres, ne t'attends pas à grand-chose ! Il est fort probable que plus rien ne subsistât comme trace ou point de repère, avait-il encore tenté, par précaution, de le refroidir. Parce que, je suppose que tu as compris aussi que la suite du texte est une espèce d'itinéraire à suivre. Or, qui dit itinéraire dit obligatoirement points de repère. Lesquels points de repère, n'étant peut-être pas pérennes, ont donc peut-être tous disparu depuis lors.

Toutefois, lorsqu'il se trouvait dans un tel état de fébrilité, rien ne pouvait réellement réfrigérer Alex. Aussi, pendant une grosse heure au moins, tous les deux lurent-ils et relurent-ils cette seconde lettre en y réfléchissant de tous leurs neurones. Bob était de nouveau plongé dans ce mutisme que lui connaissait bien Alex, ce mutisme si souvent porteur d'excellentes idées. Cependant, jusqu'à présent, aucun des deux ne voyait par quel bout prendre ce problème. Que signifiait donc ce charabia ?

Soudain, tandis qu'ils étaient plongés dans cette énigme insoluble, la sonnerie d'un téléphone les surprit. C'était celui de Bob. Il jeta un œil sur l'écran puis, se redressant en arborant un air radieux, il s'exclama :

— Chouette ! C'est Fanny !

En entendant ce prénom, Alex sourit à son tour. Non seulement parce qu'avoir des nouvelles de leur amie, Fanny Van Avond, lui faisait plaisir à lui aussi, mais, de surcroît, parce qu'il n'était pas dupe et qu'il avait bien remarqué le jeu du « cours après moi que je t'attrape » que ses deux amis mettaient en place depuis quelques mois. Bob était veuf et elle pas mariée, ni même en couple, donc, rien n'aurait dû entraver cette possible union. Pourtant, depuis qu'ils se connaissaient, soit dix ans tout de même, un si puissant lien d'amitié s'était noué entre eux qu'à présent ni l'un ni l'autre n'osait faire le pas qui les eût conduits à bien plus d'intimité encore. D'autant plus que Fanny avait été une grande amie de l'épouse de Bob… ce qui n'arrangeait pas les choses. Quoi qu'il en soit, depuis plusieurs mois, Alex avait pressenti que Bob commençait de penser de plus en plus sérieusement et amoureusement à cette petite écrivaine et journaliste pas beaucoup moins âgée que lui et aussi séduisante qu'intelligente et aventureuse.

— Allo ! Fanny… salut, comment vas-tu ? entendit-il dire d'un ton presque suave son ami namurois. Et tes compétitions ?

Mais, bien sûr, il n'entendit aucune réponse de la part de Fanny, car Bob avait tout simplement oublié – volontairement ou pas – d'ouvrir le haut-parleur.

— Ah, bien content d'apprendre cela ! Oh ! Tu sais qui est là ?

— …

— Saperlipopette ! Dans le mille.

Là-dessus, Bob se tourna vers Alex – Alex qui, d'un geste du menton, lui fit comprendre de brancher les haut-parleurs –, et Bob lui dit :

— Fanny te remet le bonjour… et me charge de te rappeler de prendre garde à ton foie. Elle vient de se classer hier dans le top 5 de sa compétition de freerun, termina-t-il de le renseigner.

— Alors, sacré farceur ! entendit ensuite Alex dès que les haut-parleurs furent branchés. Toujours fourré en Belgique à ce que j'entends ! Mais il va falloir t'y acheter une maison ou un appart, voire te décider à enfin faire ta demande en mariage à Bob, balança, en riant franchement, la métisse anversoise à l'autre bout du fil.

Alex, d'habitude aussi loquace qu'excellent bretteur de la lécheuse, ne trouva cependant rien d'autre à lui répondre que :

— Eh, la crevette, tout doux avec tes chevaliers servants ! T'en ficherai, moi, des demandes en mariage ! Ô manghia merda ! J'suis là pour le boulot et c'est tout.

— Pour le boulot ? Quoi, tu bosses en Belgique à présent ? Tu y vends des frites ? continua de le moquer gentiment Fanny.

— Pas du tout, intervint Bob. Il est simplement venu m'apporter une jolie carte au trésor… ou presque.

Et, en songeant à la surprise de celle à qui il rêvait de plus en plus souvent, Bob se mit à lui expliquer en quelques mots toute l'affaire. Puis, dès qu'il eut terminé sa présentation des faits et du point où ils se trouvaient, Fanny, ayant étudié à l'Université de Leuven et provenant d'une famille fort catholique – ce qui n'était le cas ni de Bob ni d'Alex –, eut alors un déclic aussi subit que bienvenu.

— La Rose dont il est question, c'est la Vierge Marie ! leur affirma-t-elle, sûr de son fait.

— Ah ! j'y avais pensé, mais je n'osais pas y croire, entendit-elle alors prononcer celui à qui, elle aussi, elle pensait de plus en plus souvent ; et plus du tout en tant qu'ami seulement non plus.

— Oui, c'est là l'une des épiclèses de la mère de Jésus, en effet, lui expliqua Fanny.

— Mais c'est pas con du tout, ça ! s'exclama Alex. Le chevalier Y serait donc veillé par une statue en or ou dorée de Notre-Dame. Laquelle statue aurait été offerte en gage d'amitié et de paix au Prince-évêque de Liège, Jean, par son propre père, Guy de Dampierre, afin de marquer probablement l'arrêt d'un conflit… sans doute territorial. Ce qui, à mon avis, diminue donc passablement notre champ de recherches. Il ne devrait pas y en avoir tant que ça des statues de ce genre dans le coin !

Enfin, Fanny prit congé de ses amis, car elle devait préparer une autre compétition puis se rendre chez sa sœur cadette, Sonia, qui souhaitait de déménager de la ville de New York. Venant de se marier et voulant surtout échapper à ses nombreux fans – étant donné que sa carrière de chanteuses et d'actrice commençait de s'envoler outre-Atlantique –, elle avait effectivement acheté une maison dans la ville de Providence, dans le Rhode Island ; une maison jaune-canari pétant. Aussi, avant de rentrer en

Europe, Fanny comptait-elle l'aider à s'installer et passerait-elle plusieurs jours à nettoyer la demeure de sa sœur... en tournée pour le moment.

— Par les cornes de Belzébuth ! s'exclama Alex revigoré. C'est qu'elle est quand même super maligne, cette petite crevette !

Mais Bob ne réagit pas. Notamment au terme de crevette que venait d'employer le Français. Un terme qui, d'habitude, le faisait au moins ronchonner. En fait, Bob était obnubilé par ce que leur avait affirmé Fanny et s'était de nouveau coupé du monde en cet instant ; vaquant dans les couloirs et les pièces de son château intérieur à la recherche d'un élément qui eût pu les aider à y voir plus clair. Brusquement, il se redressa puis, laissant son ami interloqué, il cria presque :

— Je me doutais bien que j'avais déjà entendu une histoire de ce genre quelque part !

Alex fit les gros yeux et Bob n'arrangea rien lorsqu'il le rabroua en osant se permettre ce reproche :

— Quant à l'idée que tu viens d'émettre, eh bien, elle est stupide, mon lieutenant !

Puis il précisa :

— À cette époque, des conflits territoriaux entre Namur et Liège, tu en trouverais tellement que tu pourrais remplir une bibliothèque au moins de leur seule énumération. Par contre, là où tu mets dans le mille, ajouta-t-il en baissant la tête et en plissant les yeux en signe de reconnaissance, c'est que des Vierges d'or, il y en eut beaucoup moins. Or, figure-toi que la société archéologique de

Namur, il y a quelques années, a justement fait rénover une ancienne statuette, en peuplier, de la Vierge. Une statuette du 12e siècle dont ceux qui se sont occupés ont découvert qu'elle avait été autrefois entièrement recouverte d'or. En outre, si mes souvenirs sont exacts, cette statuette de la Vierge Marie se trouvait dans l'église du petit village de Forville. Lequel village était, et est toujours, situé aux limites de la province de Namur ainsi que de celle de Liège.

Ce fut Alex, qui venait d'écouter les yeux grands ouverts, son ami lui déballer tout cela, qui se tourna alors vers le clavier puis chercha ce dont il retournait. Et c'est en quelques clics à peine qu'il obtînt la confirmation de tout ce que venait de sortir de son palais intérieur son ami Bob. En effet, la commune de Forville était et est toujours limitrophe à Namur et Liège puis avait été l'enjeu de tout plein de conflits entre ces deux régions. Enfin, ses recherches confirmèrent que la statuette en or en question avait bel et bien été offerte par Guy de Dampierre à son fils, le Prince-évêque, et était demeurée jusque sa rénovation dans la petite église Saint-Laurent, le patron des pauvres, d'un hameau de cette commune de Forville. Car, depuis lors, afin d'éviter qu'elle ne soit dérobée, un double en bouleau avait été fabriqué et donné à l'église tandis que l'original trônait à présent au musée des Arts anciens de Namur. Aussi ne parvint-il à émettre qu'un retentissant :

— Waouh !

Interjection d'admiration après laquelle il ajouta immédiatement :

— Faudra un jour que tu m'expliques comment tu parviens à faire cela ! Ô sofia mi in culo ! jura-t-il enfin, en Corse, devant ce qu'il considérait comme une véritable prouesse.

Enfin, dès qu'il eut terminé la lecture de l'article à propos du village de Forville situé à 20 km à peine au nord de Namur, la voix toute tremblotante de surprise, il se mit à presque hurler :

— Oui ! C'est là ! J'en suis sûr. Enfin pas tout à fait à Forville, mais plus précisément à Seron. Un hameau de Forville... et le chevalier Y, c'est Ystasse de Seron, d'ailleurs !

Parce que, c'est un fait, dans l'église Saint-Laurent se trouve une tombe fort ancienne ; la plus ancienne de la région. En vérité, pas une tombe, seulement une pierre tombale. Une pierre tombale qui croupit dans une annexe, est datée de 1381, et expose les patronymes des époux qu'elle était censée recouvrir, à savoir Ystasse de Seron et Marie de Hemptinne.

— Voilà donc l'obituaire ! reconnut Bob fort heureux. Eh bien, on peut dire que cette aventure ne commence pas si mal que cela !

D'autant plus que, au bas de l'article, un lien permettait de faire apparaître une photographie de cette pierre tombale du haut Moyen-âge. Une photographie suffisamment claire pour y lire le texte qui s'y trouvait gravé, hormis la partie du haut qui en était absente. Et peut-être même suffisante pour parvenir à comprendre le codage de la première ligne de la seconde lettre : « 4IYBA2B2CDQK2A–

1BCMWGQ » qui était le point de départ de ce très probable itinéraire vers un trésor. Sur cette pierre tombale, entourées par un texte en ancien français et sises dans deux niches gothiques surmontées de frontons et de dais ornés de rosaces, les gravures du chevalier et de sa dame, quoique fort abîmées par endroit, se dressent, fièrement, en dépit de ce que ni lui ni elles ne possédassent plus de visage – sans doute burinés par les aléas du temps ou suite à la folie d'iconoclastes. Les deux amis, fonçant déjà tête baissée dans une nouvelle aventure, purent donc constater que, si le défunt était revêtu de tous les attributs du chevalier de l'époque, un heaume, une armure, des éperons, un **baudrier**, une dague, une épée ainsi qu'un écu blasonné, son épouse, quant à elle, n'était vêtue que d'une robe. Une longue robe pour laquelle l'artiste avait fait particulièrement attention aux plis. Mais ils ne perdirent pas de temps à admirer cette gravure au demeurant charmante, car, il savait tous les deux que, en ce qui les concernait, l'important n'était pas là... seulement dans l'inscription qui encerclait ces deux amants d'autrefois. Une inscription qui se lit à partir du bas, au centre de l'obituaire, et se continue dans le même sens que les aiguilles d'une montre.

+ Chi gist Mesires

Ystase de seron, chevaliers ki trépasat l'an de grasce 1381

... 8 jour (avril) ... (le haut manquait en effet)

Maroie sa feme ki trepasat l'an de grasce 1382 ; 12 iour en octe

mbre ; priies pour vas +

Ne leur restait donc plus qu'à comprendre le code employé par le moine pour obtenir un très sérieux point de départ. Un très sérieux point de départ qui, ils ne pouvaient s'empêcher de le craindre, pouvait tout aussi bien être un point d'arrivée par contre…

© Mortier Daniel – 2019 – CC BY-SA 4.0 (Wikipédia)

La capitale de la pisse...

Erker venait de quitter l'autoroute E40 et de prendre la E19, en direction de la capitale ou de plus loin, Anvers peut-être, lorsque sonna son portable. C'était Floriane. Sa coéquipière l'informait qu'enfin quelque chose se passait devant le bazar de Marrakech qui croupissait à la toute fin de la rue de Montigny. Une berline noire venait de se garer juste en face de la boutique délabrée et la porte de celle-ci de s'ouvrir en laissant apparaître trois personnes, une femme et deux hommes. Et, si Floriane n'avait pas pu voir tout de suite de qui il s'agissait – vu que, par discrétion, elle était obligée de se cacher du mieux qu'elle le pouvait –, après s'être un peu contorsionnée, elle avait découvert qu'il s'agissait de trois Asiatiques. Trois Asiatiques qui faisaient mentir le stéréotype quant à leur taille étant donné que les deux hommes, aussi baraqués que des gorilles sans poils, devaient faire pas loin du mètre nonante et la femme au moins un quatre-vingt. Les deux hommes paraissaient être les gardes du corps de celle-ci, qu'ils couvraient d'égards tels que lui ouvrir la porte ou se courber devant elle. Cette femme était une merveille vivante, ne put s'empêcher de confier à son collègue la détective qui préféraient les abricots aux bananes. Une ravissante créature qui portait à ravir de longs cheveux noirs et lisses lui descendant jusque la taille, était vêtue d'une robe noire en soie splendide lui tombant jusque mi-cuisse, possédait des jambes au galbe de déesse que couronnaient des fesses et des hanches si parfaites qu'elle eût pu gagner n'importe quel concours de beauté si tant est qu'elle l'eût souhaité.

Mais le message qu'envoya Boulette à Palo ne relatait, bien entendu, pas ce genre de détails. Plus laconiquement, et accompagné d'une photo, il disait simplement :

« Trois Asiatiques, une femme splendide et deux hommes balaises, viennent d'entre puis de ressortir aussitôt de la bicoque. Ils se dirigent vers la berline noire qui les a amenés jusqu'ici. Je les prends en chasse ! Et toi, où en es-tu ? »

« Suis près de Nivelles, direction Bruxelles. Fais gaffe à toi, M.S.L. (meine shöne liebe) ! » fut la réponse de Erker.

« Pareil pour toi, mon lapin. Ils démarrent… »

Ensuite, pendant une quinzaine de minutes, ce fut le silence radio entre eux. Au volant de sa voiture, Jonas Prestemain roulait bien plus tranquillement qu'au départ à présent. Sans doute sa drogue le faisait-elle planer ou, si pas planer, l'avait blanchi, comme on dit lorsqu'un héroïnomane en manque parvient à prendre juste ce qu'il lui faut de drogue pour ne plus souffrir, mais sans être défoncé pour autant. En tout cas, il était bien plus facile à suivre. Par contre, en dépit de ce qu'il transportait, il ne prenait toujours aucune précaution. De plus en plus, Erker, l'ancien policier d'Interpol, était donc persuadé qu'il avait affaire à un simple porteur de courrier et pas du tout à un membre actif, un voleur professionnel, du groupe Hermès. Cette piste allait-elle les conduire dans un cul-de-sac ?

C'était possible. Rien ne prouvait en effet que ce fût bien ce groupe-là qui avait commandité le larcin en France tout compte fait. Enfin, au bout de ce petit quart d'heure, le facteur Prestemain, laissant derrière lui le magnifique et très touristique château de Beersel, se dirigea vers la capitale belge tandis que, au même moment, Floriane envoyait de nouveau un message.

« Apparemment, nous nous rendons aussi vers le Nord. Bxl ou Anvers, voire la Hollande ? Par contre, j'ai bien peur d'avoir été repérée, bien que la berline n'aille pas plus vite toutefois. »

La circulation étant dense à Bruxelles, Jonas Prestemain était talonné par Erker à présent. Le Carolo défoncé longeait maintenant les grands bâtiments néo-classiques aux façades de briques rouges et de pierres bleues situés juste en face de celui, aussi affreusement grisâtre qu'il est fonctionnel, de la toute laide gare du Midi. Puis, dès qu'il eut atteint la fin de l'avenue Fonsny, il bifurqua à droite sur le boulevard, prit le tunnel de la porte de Hal – soit le dernier vestige de la seconde enceinte médiévale de la cité, devenu depuis 1837 un musée d'art et d'histoire –, et se dirigea vers le vieux quartier des Marolles. Mais Erker, n'étant jamais venu à Bruxelles, se devait d'être vigilant. Aussi ne prit-il pas le temps de regarder cette ville que, de toute manière, il aurait sans doute trouvée tout particulièrement laide et froide, limite obscène. Avait-on idée de prendre pour symbole un gamin qui pisse devant tout le monde par exemple ? Était-ce là un bon exemple à exposer alors que, dans toutes les ruelles de cette cité justement, l'urine créait plein de remugles qui traînassaient en y empuantissant l'atmosphère tout le long des jours et des nuits ? Ou que tout plein de voyeurs et de pédophiles y possédaient, disait-on en Allemagne, des clubs privés ? Aussi, pour lui, lui qui ignorait volontairement l'Atomium, la Grand-Place, le palais de justice, les maisons de style art nouveau et tant d'autres beautés que recèle aussi cette capitale, pour lui, cette capitale de Bruxelles n'était-elle que la capitale de la pisse. Un lieu dégueulasse. Un lieu dégueulasse dont les merveilles cachent fort mal la sordidité ambiante et tout ce qui s'y fait de tortueux et de vicieux ; et pas seulement à cause des députés européens qui y siègent six mois par an…

Pendant ce temps, Floriane continuait de rouler à vive allure derrière la berline toujours située à quelques voitures de distance d'elle. Or, pour sa part, ce n'était pas la première fois qu'elle venait en Belgique ou montait à la capitale des grands maîtres des frites-moules. Du temps de ses études, elle y avait passé quelques mois puis, lorsqu'elle s'était paxée avec Nicole Legeais, c'était dans cette même ville qu'elles étaient venues passer leur voyage de « pax ». Ensuite, lorsqu'elles avaient pu se marier officiellement – puisque la France avait fini par accepter le mariage homosexuel – elles y étaient revenues une seconde fois… en voyage de noces ; quelle drôle d'idée ! Elle connaissait donc suffisamment bien la capitale de Belgique pour ne pas avoir à continuer de se fatiguer les yeux avec ses lunettes de réalité augmentée qu'elle finit d'ailleurs par déposer sur le siège du mort et, de sa main droite, tenait à présent une clope tandis que, de l'autre, elle tenait le guidon en roulant plutôt vite par contre…

parce que la berline menait bon train en effet. Visiblement, les passagers voulaient atteindre leur destination le plus vite possible. Et, bien qu'elle ait craint avoir été repérée, le conducteur ne paraissait pourtant toujours pas chercher à la semer. Ils atteignirent donc la cité du Manneken – et de Jeanneke, sa petite sœur (depuis 1987, impasse de la fidélité) –, au même moment où Jonas Prestemain, après avoir contourné l'église Notre-Dame des Victoires, cherchait à se garer au plus près de la place du Grand Sablon ; haut lieu des antiquaires, savait le détective grâce à ses lectures et son ancien métier. Mais, pendant que son collègue allemand sortait de sa voiture discrètement afin de filer en douce le Carolo, la Russo-Polonaise néo-francisée depuis cinq ans à présent ne suivit pas le même trajet que lui. Au lieu de passer derrière la gare du Midi, la berline noire prit par devant, par le boulevard de l'Humanité donc, puis bifurqua à droite, rue du Charroi, suivit la grise et moche avenue du Pont du Luttre jusqu'au rond-point pour y longer les buildings blancs passés de mode qui se dressent devant le joli parc de Forest tout le long de la magnifique, car fort boisée, avenue Marie-Henriette. Enfin, délaissant cette si belle avenue de la commune huppée de Forest, la berline emprunta l'avenue Gabriel Fauré jusqu'à celle de Besmes qui longe le parc Jupiter et dans laquelle elle finit par se garer.

« Une rue de riches, ici », songea Boulette au regard des bâtiments qui s'y dressent. Une rue de riches pourtant bordée, d'un côté, de maisons qui ressemblent à de petits châteaux et possèdent un jardin tandis que, de l'autre côté, elle longe une verte prairie surmontée d'affreux immeubles de rapport qui défigurent un peu le paysage bucolique qu'aurait cette rue-là si des arbres seulement y contemplaient le ciel.

Le poil gris-blanc déjà, le teint olivâtre et le nez plutôt épaté, depuis des années, l'antiquaire Jérôme Lacraille regardait le monde avec des yeux d'oiseau de proie. Des yeux de vautour. Derrière un front bas, tout plissé par les nombreuses et profondes rides qu'une soixante années d'une vie de fardeaux lui avaient laissées, il semblait d'ailleurs retourner, constamment, de mauvaise pensée ou préparer un vilain coup. Des pensées ou des actes dans lesquels dominaient la cupidité ainsi qu'un autre de ses vices, celui de se sentir intouchable, tout puissant. Vain orgueil, bien sûr, de sa part et plus vaine espérance de richesse encore, mais qui, sur la plupart des gens avec qui il traitait, ses clients ou ses revendeurs, voire de simples courriers comme ce salopard de « craolo » qu'il attendait impatiemment depuis deux heures déjà, agissait non comme un repoussoir – ce à quoi l'on pourrait s'attendre en fait –, mais plutôt comme un aimant. Toutefois, faut-il en être tellement surpris ? Après tout, ne dit-on pas que ceux qui se ressemblent s'assemblent ?

En dépit de son âge et des aléas de la vie, une vie difficile puisqu'il avait purgé une peine de dix ans de prison en France, Jérôme Lacraille ne s'était pas tassé pour autant et était demeuré assez grand et plutôt fort. En revanche, depuis qu'il était sorti de prison pour vol et complicité de vol puis revente illégale de biens avec, de surcroît, la charge aggravante d'association de malfaiteurs et de trafic d'œuvres d'art transfrontalier, une certaine mollesse s'était emparée de lui. Ce que l'on voyait à la graisse qui avait fini par enrober un corps que l'on devinait avoir été jadis plutôt bien musclé. Tout d'abord, il avait changé de pays et, de France, était venu s'installer à Bruxelles pour s'y faire une nouvelle vie. Enfin, nouvelle… pour se refaire une vie surtout. Car il n'avait en rien délaissé le monde des ombres en réalité, le monde du Dieu Hermès donc, dieu des voleurs et des marchands notamment. En outre, il travaillait justement pour un groupe de voleurs internationaux qui avait pris ce patronyme-là pour se faire connaître au monde. Un groupe spécialisé dans le vol d'œuvre d'art – le même genre de domaine qui lui avait valu une peine de prison dans son pays d'origine – pour lequel il servait de dépôt, d'adresse et de boîte postale. Depuis qu'il était venu s'installer en Belgique, il avait ainsi ouvert un magasin… d'antiquité, Place du Grand Sablon ; haut lieu et place presque sacrées des brocanteurs en tous genres ainsi que des antiquaires depuis des éons, mais aussi de toutes sortes de trafics. Or, ce jour-là, il devait réceptionner un important colis. Un colis, le produit d'un vol plus précisément, qui avait été commandité par un émir du Moyen-Orient. Il s'agissait d'un livre d'Heures qu'accompagneraient deux lettres, anciennes elles aussi, le tout volé très récemment en France. Mais, celui qui avait été chargé du vol, ne voulant jamais se charger de porter directement dans sa boutique le moindre colis prenait toujours le même facteur ; celui-là même qu'il attendait impatiemment aujourd'hui. Sans doute une connaissance ou un ami en qui il avait une parfaite – bien qu'incompréhensible – confiance. Incompréhensible, car ce facteur, ce gros sac à came à peu près toujours défoncé, déplaisait franchement au marchand. Et pas seulement parce qu'il le savait drogué jusque la moelle et dépendant jusqu'à l'os ; ce qui est toujours un risque de voir trahir la personne pour un petit paxon [25]. Non, surtout à cause des conséquences qu'entraînent cette dépendance dont l'inattention. En effet, Jérôme Lacraille n'avait pas du tout envie de retourner en prison à cause d'un crétin qui ne faisait gaffe à rien, ni à sa vie, ni surtout à la sécurité de leur très lucratif commerce. Bigre ! comme il regrettait de ne pas avoir pu faire entendre raison à ce voleur français à travers les nombreux messages qu'il lui avait déjà envoyés au sujet de ce Craolo dégueulasse. Mais ce larron n'avait jamais répondu et continuait de lui envoyer la même saleté de camé de plus en plus défoncé, de surcroît, à chaque fois qu'il mettait ses sales pattes de toxico dans son magasin tout propret. Une boutique de luxe dans laquelle la seule vue de ce gaillard-là suffisait à faire déguerpir les clients huppés et courir tout plein de bien méchantes rumeurs dont son passé et son état actuel se seraient volontiers passés, évidemment. Puis, pour quelqu'un d'aussi ponctuel et avare qu'était ce vieux filou de faux antiquaire, Jonas Prestemain était une engeance pire qu'une tique, car il n'était jamais à l'heure à ses rendez-vous et demandait toujours du rab en dépit du prix fixé. Aussi est-ce avec à la fois de l'impatience et du dépit, le tout saupoudré d'un peu de rage et de dégoût, que l'antiquaire attendait cette loque humaine. Cette loque humaine qui, soudain, fit tintinnabuler le carillon, en do majeur, de sa porte d'entrée... enfin !

---

[25] Un paquet de drogue.

— Ah, te voilà toi ! le brusqua alors le marchand en colère. Non, mais, t'as vu l'heure ! T'as deux heures de retard, mon gars ! T'es décidément pas sérieux comme mec ! Puis t'as vu ton état !

Jonas Prestemain haussa les épaules. Il savait très bien qu'il était complètement défoncé. N'avait-il pas fait tout pour cela avant de venir ici puis juste après s'être garé ? Et après ! Qu'est-ce que cela pouvait faire à ce gros porc de connard d'antiquaire de m... ? se disait-il, sans trop pendre conscience des dangers qu'il faisait courir à tous ceux derrière « Ève » et ce gras marchand de la Place du Grand Sablon. De toute façon, jamais « Ève » ne laisserait quelqu'un d'autre que lui le rencontrer, il le savait pertinemment... effrontément. Sa transsexualité et son goût du travestissement, que Jonas était l'une des seules personnes à connaître et à respecter surtout, empêcheraient toujours « Ève » de contacter d'autres gens pour en faire ses facteurs.

— T'as le pognon, mon gros ? baragouina-t-il seulement au commerçant sans ni le saluer, ni lui présenter des excuses pour son retard.

Était-ce sa faute à lui si ses dealers ne pouvaient pas le recevoir tout de suite ? D'autant plus que ceux-ci ne travaillaient pas toujours pour de l'argent. Plus souvent pour des copies de documents volés ou pour pucer des œuvres d'art dérobées afin de les suivre grâce à un satellite puis les voler à leur tour. Ce sur quoi, en se levant de sa chaise d'un bond toujours leste pour un homme d'une soixantaine d'années, Jérôme Lacraille le rabroua de nouveau :

— Eh là, un ton plus bas, mon gars ! fit-il en grondant et en pointant vers lui un index boudiné.

Ce qui eut pour résultat que, craignant que le marchand lui fonçât dessus pour le molester, le Carolo recula d'un pas. Mais le marchand n'en avait pas même l'idée. Dans sa boutique, c'eût été une idiotie cela. Par contre, rien ne l'empêchait de contacter de « petites mains » aux très gros poings qui régleraient le compte de ce gêneur ailleurs, songea soudain Jonas que certains éclairs de lucidité traversaient encore de temps à autre. Aussi, en se recourbant un peu, plutôt que de continuer dans cette voie de l'impertinence, lui concéda-t-il finalement :

— Bon, désolé pour le gros… pour le retard et… et bonjour en fait !

Des excuses suivies d'un salut tardif auquel le marchand aux yeux globuleux, dont l'attention venait d'être soudain captée par autre chose, ne répondit rien. Effectivement, Jérôme Lacraille avait eu, un court instant, la désagréable sensation d'être observé puis avait surtout entr'aperçu un visage. Un visage aussi connu que haït de lui. Mais, non, c'était impossible cela ! À moins que cette petite merde de Carolo toxico ne l'ait balancé à… à Interpol ! Puis, dès qu'il eut remis un nom sur le visage qu'il avait pensé apercevoir à la vitrine de sa boutique, il jura :

— Bordel ! Si tu m'as donné, t'es mort, coco !

Et, tandis que Jonas ne comprenait rien à cette menace, le gros marchand bondit vers la porte d'entrée en l'écartant de son chemin d'un geste sans aucune aménité. Sous le choc, Jonas fut d'ailleurs projeté un mètre sur le côté et accrocha au passage, de la cuisse droite, le coin d'une table en chêne marqueté. Il cria puis vacilla en se tenant la cuisse avant de s'écrouler sur le sol tel un grand blessé de guerre. Mais, pendant qu'il faisait son cinéma, Jérôme Lacraille avait ouvert la porte vivement et s'était élancé sur le trottoir en regardant à droite et à gauche puis en scrutant avec attention toute la place… mais rien.

« Décidément, côtoyer ce fils de p… de Hennuyer [26] ne me vaut rien, finit-il par se convaincre en retournant dans son magasin. Voilà que je me mets à halluciner maintenant rien qu'à son contact…

Depuis le temps qu'elle réalisait des filatures, Floriane Nowak était devenue une pro de la chose. Aussi, dès qu'elle avait vu la berline se garer, avait-elle continué sa route sur une bonne dizaine de mètres en prenant soin de contourner le rond-point puis de se garer bien au-delà. De toute façon, elle avait Max avec elle, Erker lui ayant déposé le drone sur le trottoir avant de poursuivre le facteur Prestemain. Elle le sortit donc de la voiture, regarda que personne ne faisait attention à elle, se plaça sur le nez les lunettes de réalité augmentée qui lui permettaient de le contrôler à distance et le lança à l'assaut. Cependant, en guise de cri de guerre, le petit drone émit seulement un tout léger vrombissement puis, après s'être élevé d'une dizaine de mètres à la verticale, se dirigea paisiblement là où elle lui commanda de se rendre, à savoir en face du numéro 16 de cette avenue de Forest. Devant cette jolie

---

[26] Personne qui habite dans la province belge du Hainaut.

petite maison en brique rouge et d'un seul étage, mais mansardée, une maison qu'entourait un jardin protégé par une grille de métal noir, elle remarqua tout d'abord qu'un drapeau flottait sur une hampe. Par contre, ne le reconnaissant pas, elle préféra se concentrer sur ce que la caméra de Max lui donnait à voir juste devant la grille d'entrée de cette ambassade ou de ce consulat – puisqu'il devait s'agir de cela, en effet. Or, devant cette grille de métal, deux hommes, deux hommes qui étaient sortis de la maison, deux autres asiatiques, se tenaient tout courbés en attendant quelqu'un. Et leur componction [27] paraissait telle que Floriane, habituée depuis son enfance aux récits relatant l'apparat qu'exigeait le communisme, eut l'impression que, s'ils l'avaient pu, ces deux-là auraient probablement déroulé un immense tapis rouge ou lancé des feux d'artifice pour la personne qu'ils attendaient. Il s'agissait, vous l'aurez compris, de la toute belle Asiate aux cheveux noir de jais qui était montée à l'arrière de la berline. Et, vu qu'elle n'était pas encore sortie du véhicule garé un peu avant la grille d'entrée, cette femme-là se faisait visiblement attendre volontairement. Le plus discrètement possible, Floriane avait alors manœuvré de telle manière que Max demeurât en vol stationnaire sous le couvert d'un arbre juste en face de l'entrée de ce qu'elle finit par reconnaître grâce à une application. Ce bâtiment était bien une ambassade, celle de Mongolie. Quelques minutes encore se passèrent.

---

[27] Gravité recueillie et affectée.

— *Gówno* ! jura-t-elle à cause de ses yeux qui se remirent à pleurer [28]. Fichue camelote ! Pas encore au point ce truc.

Enfin, la « Miss Darling » daigna sortir de la berline, mais pas avant que le chauffeur n'ait eu la délicate attention de venir lui ouvrir la porte en se tenant lui aussi nez contre terre tandis que les deux personnes sorties de l'ambassade de Mongolie s'étaient approchées de la voiture en accomplissant mille courbettes comme s'ils avaient affaire à une personne de si haute importance qu'ils n'étaient devant elle que des vers. Altière, la magnifique créature daigna donc enfin sortir de la Berline et Floriane ne put s'empêcher, seule dans son propre véhicule et malgré qu'elle soit tout à fait satisfaite de sa relation avec Nicole, de laisser s'échapper une interjection de plaisir mêlée d'envie.

— Waouh ! laissa-t-elle fuser entre ses lèvres.

Car cette asiatique était aussi incroyablement sensuelle qu'attirante et désirable, le plus petit de ses gestes étant un véritable appel au désir et à la sensualité. Une beauté presque envoûtante qu'elle portait sans doute comme un fardeau cependant, vu que la plupart des gens s'y arrêtent et ne voit jamais ce qu'il y a derrière la chair ; qu'il s'agisse d'un univers de lumières ou de ténèbres. Or, si Floriane avait pu voir tous les démons qui conduisaient cette garce de Miss Lang Tchao Ti – ils apprendraient son nom plus tard –, elle n'eût sans doute pas eu cette réaction d'éblouissement devant un tel absolu de désir, d'envie, de

---

[28] M... en polonais.

plaisir et de beauté réunis. Car, autant vous le dire tout de suite, cette Miss Lang est l'une des rares femmes que jamais l'on n'oublie si on a eu le malheur de la rencontrer ou de la croiser. Le malheur puisque, si Miss Lang Tchao Ti est redoutable de sensualité, elle est aussi, et surtout, l'une des femmes les plus craintes de toute l'Asie. Car elle est l'une des trois têtes pensantes de l'une des si puissantes triades qui règnent dans l'ombre de cette partie du monde.

Eurêka !

Eurêka est une interjection provenant du grec ancien. Il s'agit d'un cri qui signifie « j'ai trouvé ! » Un cri de joie qu'aurait poussé, selon une légende, le savant Archimède qui vivait en Sicile, au 3e siècle av. J.-C. Celui-ci, en pénétrant dans une baignoire, aurait soudain remarqué que l'eau du bain se mettait à monter au fur et à mesure qu'il y plongeait son propre corps ; et ce en proportion au volume de ce dit corps, comprit-il en une fraction de seconde. Mais le plus drôle n'est pas là. Parce qu'il y a quelque chose de drôle, en effet, dans cette légende à propos du génial Archimède. En réalité, cette histoire nous est racontée par l'architecte romain Vitruve deux siècles plus tard et un petit détail de son récit paraît avoir fini par être oublié de la plupart depuis lors. Dès l'instant où le savant eut compris ce que l'on nomme aujourd'hui la poussée d'Archimède, à savoir que « tout corps plongé dans un fluide au repos, entièrement mouillé par celui-ci ou traversant sa surface libre, subit une force verticale, dirigée de bas en haut égale et opposée au poids du volume de fluide déplacé », tout en criant cet eurêka qui est devenu grâce à lui aussi célèbre que lui, sans prendre le temps de se vêtir et en continuant de répéter ce cri de triomphe – tout nu donc – en gesticulant comme un beau diable, le vieillard aurait couru en pleine rue jusque vers sa demeure, vu que les bains étaient publics. Une scène cocasse que de s'imaginer ce grand bonhomme cul nu et zob à l'air en train de s'esbaudir [29] en criant sa joie délirante tout le long de son chemin, non ?

Or, c'est une histoire assez semblable qui allait arriver aux deux amis toujours en train de se fatiguer les yeux et les neurones à tenter de percer le mystère du code de la seconde lettre. Un code dont ils possédaient la clé, mais n'en connaissaient pas le mode d'emploi. Car, effectivement, à partir d'une même clé de codage d'un texte, tout plein de modes d'emploi sont possibles.

Aussi avaient-ils cherché toute l'après-midi à tenter de le briser en passant en revue toutes sortes de possibilités, mais en vain. Ils avaient essayé avec le mot Ysoire, le mot Maroie, les deux ensembles, toute la phrase, en employant les premières lettres des mots, les chiffres et les dates ; bref, tout plein de trucs, mais aucun qui soit le bon. Puis Alex, celui des deux qui s'y connaissait le mieux en cryptage à cause d'une passion qu'il avait depuis longtemps pour ce genre de problème, se redressa en s'étirant la carcasse. Il avait le dos courbé depuis longtemps et celui-ci émit d'ailleurs un léger craquement au niveau des

---

[29] S'égayer, se réjouir.

vertèbres lorsque son propriétaire se contorsionna afin de le remettre en place.

Bob lui fit alors une offre :

— Si tu veux, j'ai acquis dernièrement une magnifique baignoire en marbre noir de Namur que j'ai fait installer dans ma salle de bain. Elle t'accueillera avec grand plaisir, lui proposa-t-il. D'autant plus que j'ai fait refaire toute la pièce dernièrement. Toute cette humidité ne valait rien pour mes meubles et c'est donc l'un des rares endroits un peu moderne et contemporain de cette aile-là de ma maison.

Alex, Alex qui, de par ses origines entre autres, à la fois corses et normandes, adorait l'eau y compris potable et non salée, ne se fit pas prier et s'empressa au contraire de se rendre dans la salle de bain de Bob. Il enleva donc son tablier et ses gants – son ami Bob, fort méticuleux, était fort exigeant avec cela dans son atelier de restauration – sorti dans la cour puis se rendit dans la susdite salle de bain située au rez-de-chaussée juste après le salon qui jouxtait la cuisine par laquelle on pénétrait dans le logis. Toute recouverte d'un carrelage façon antique, la pièce lui parut tout d'abord plus curieuse que les autres, vu que, comme venait de le lui signaler Bob, c'était bien la seule pièce de cette aile-là dans laquelle il avait fini par accepter des meubles récents au lieu que toutes les autres étaient flanquées ici d'un garde-meuble du 19e, là d'un coffre du 18e, et ici encore d'une table du 15e, d'une armoire du 13e puis garnies de tableaux ou de babioles en bois ; bref, de toutes les pièces de cette aile de la maison, c'était celle qui faisait le moins musée à son avis… mais ce n'était pas pour lui déplaire.

Son sol était carrelé de blanc, ses murs étaient bleu roi et des lampes à la lumière orangée, incrustées dans un plafonnier bleu ciel, y offraient une fort agréable atmosphère de détente. Enfin, au centre, Alex put y admirer le dernier achat de son presque frère ; cette magnifique baignoire en marbre noir dont il venait de lui toucher un mot et qui y trônait, munie d'une robinetterie de cuivre ainsi que d'un pommeau de douche, en étant entourée de toutes sortes de shampoings, de savons, de crèmes, de bains-douches et d'autres douceurs de salle de bain ; le tout disposé sur une planche noire et vernie tout autour de la cuve. Devant un tel appel au plaisir des sens, en se régalant à l'avance, Alex mit alors le bouchon, commença par y faire couler de l'eau, se déshabilla complètement puis y plongea un premier peton en arborant une mine si réjouie qu'il en émit un soupir de satisfaction avant de s'y plonger tout entier, car cette baignoire était un véritable paquebot en fait… un paquebot de pas loin de deux mètres. Un paquebot de salle de bain qu'avait acquis, pour pas bien cher en plus, son ami Bob lors d'une vente aux enchères.

Or, là, soudainement, à l'instar d'Archimède – bien que pas pour les mêmes raisons –, le Français eut un subit éclair de génie. Il se redressa d'un bond et, sans ni prendre le temps d'arrêter l'eau de couler ni se vêtir surtout, en se frappant plusieurs fois le front de la main droite et en criant – ô manghja merda ! Testa di Cazzu ! – ce qui, dans son langage fleuri, voulait dire eurêka en fait, sans cesser de répéter ces insultes corses – triomphales dans sa bouche –, il sortit de la salle de bain, traversa en courant le salon, dans lequel il rencontra sans y faire attention Georges le majordome de Bob qui blêmit en le voyant ainsi, puis franchit la porte de la cuisine et en sortit toujours en vociférant à qui mieux mieux tout plein d'autres jurons, à commencer par :

— O Cullitò ! Baullò ! Soffiami in culu ! etc.

Il y croisa alors Éric, en train de s'occuper du parterre de fleurs qui entourait la fontaine située au centre de la cour intérieure, qui pouffa de rire en voyant le conservateur des archives de la ville de Rouen agir comme un dingue et pénétrer d'un bond, nu et toujours en proférant des insultes en Corse, dans l'atelier de son patron. Tellement excité qu'il en oublia d'enfiler fût-ce un tablier ainsi que de fermer la porte.

— Eurêka ! finit par lâcher benoîtement Alex devant son ami effaré de cette scène pourtant cocasse qu'il lui offrait.

Car Alex dégoulinait de flotte dans son atelier en y apportant de la sorte une humidité qui ne convient pas au bois en général et moins encore à un atelier de restauration d'œuvre d'art. Pourtant, le Namurois se retint de réprimander son ami dont il voyait bien et la joie et l'étourdissement subit. Un duo fort rare chez lui. En se levant afin d'aller lui chercher de quoi s'essuyer puis un tablier pour le couvrir, il se contenta de lui lâcher :

— Heureusement qu'Amandine n'est pas à la maison. Espèce de... espèce de cuistre !

Ce fut à ce moment qu'Alex, en entendant ce terme suranné, parut revenir sur terre et se rendre compte de ce que, sur le coup de l'émotion, il venait de faire ainsi que de ceux qu'il avait croisés en chemin. Aussi, chose rare chez ce trentenaire habitué à de bien pires folies, en pensant à Amandine et à la petite danse du zob qu'il lui aurait volontiers accordée tout de même, aussi, se mit-il à rougir tout en bredouillant cependant :

— J'ai … j'ai trou… j'ai trouvé !

— Je vois ça, dit Bob. Enfin, j'entends. Mais pas ton pantalon apparemment, ni ta pudeur, se moqua-t-il finalement.

— Euh, désolé ! fit Alex, sincère, en se revêtant du tablier que lui tendit Bob. J'étais tellement heureux que je n'ai plus pensé à rien d'autre qu'à filer tout droit et à toute vitesse jusqu'ici pour t'en faire part. Désolé pour la flotte aussi… me doute que cela doit pas te rendre fort heureux…

Bob haussa les épaules.

— Pas grave, le rassura-t-il en lui souriant franchement. Éric viendra nettoyer et aérer ce soir. Mais, dis-moi ? Qu'est-ce que tu as donc pu trouver qui me vaut l'honneur d'avoir pu admirer ton gros mesnil ?

Sans tenir compte de cette petite remarque grivoise, Alex commença donc de lui expliquer ce à quoi, tout d'un coup, il avait pensé dans la salle de bain. Ainsi, sans se rendre compte à quel point il disait vrai aux yeux de Bob, au moins pour son comportement, lui déclama-t-il tout d'abord sans ambages un fervent mea culpa. En baissant un peu le regard comme s'il avait honte ou qu'il allait parler de son vilain penchant pour le calva, il avoua :

— J'ai... j'ai péché par excès jusque maintenant. J'ai pensé que ce moine était plus malin qu'il ne l'était peut-être. En effet, nous avons cherché à décoder le message en ne tenant compte que de deux hypothèses de travail... les plus complexes d'une certaine manière. D'une part, nous avons essayé en utilisant un code César, soit un code où il suffit de déplacer les lettres de l'alphabet d'un certain nombre de places. Puis, d'autre part, nous avons aussi employé une espèce de code à la Vigenère, soit un code plus récent que ces missives qui emploie des mots ou des phrases en guise de clé.

Bob, tout en fronçant les sourcils pour exprimer qu'il attendait impatiemment la suite, un froncement qui signifiait « oui, mais encore », Bob eut un geste affirmatif de la tête tandis qu'Alex, qui avait ménagé ses effets, ne se fit pas prier et, au lieu de tout lui balancer tout de suite, rajouta une couche de mystère à cette énigme :

— Mais il existe une troisième solution, soutint-il... la plus simple de toutes.

— Et qui est... ?

— Simplement de ne pas voir dans les lettres du code des lettres, mais des chiffres et des nombres. Des chiffres et des nombres en rapport avec le message de l'obituaire. Ainsi le I est-il un neuf, le Y un... [30]

---

[30] Le Y avait déjà été adopté par les Romains pour transcrire les mots grecs tandis qu'ils employaient le i pour les mots latins. Pour le i et le u du paragraphe suivant, ce fait est authentique.

— Vingt-trois, lui signala Bob. Puisque le J et le U n'existaient pas dans l'alphabet du Moyen-âge, ajouta-t-il immédiatement en guise d'explication.

— Vingt-trois lettres seulement donc, reprit Alex en le remerciant d'un geste de la tête pour cette information qu'il ignorait jusque-là. Il nous suffirait donc de rechercher, dans le texte inscrit sur la pierre tombale, à quoi correspondent ces chiffres et ces nombres pour reconstituer le message en clair.

Fier de sa découverte, il bomba le torse et commença tout de suite à réfléchir à voix haute en tentant de décoder le message laissé par Norbert de Damme.

— Nous avons donc la séquence de chiffres et de nombres suivante : 9, 23, 2, 1 qui nous donneraient comme début de mot...

Et, tout en parlant, il se retourna alors vers l'écran de l'ordinateur et compta les lettres à partir du début du texte qui y apparaissait, soit le « Chi gist mesires Istase de seron, chevaliers... » Mais il s'arrêta assez rapidement et eut un air des plus stupides qui lui défigura le visage.

— Putrelle de bordau ! jura-t-il par habitude de trop fréquenter Bob. Ça ne marche pas ! reconnut-il dépité. Cela ne donne rien de significatif, en tout cas. ESBM, cela ne veut rien dire...

Mais, au moment même où Alex s'effondrait – lui qui était un crack dans ce domaine –, Éric pénétra dans l'atelier en tenant les vêtements du Français ainsi qu'un petit quelque chose en main qui allait lui rendre du courage et de l'ardeur. D'ailleurs, dès qu'Alex découvrit ce que l'homme à tout faire de Bob tenait en main, de joie, il s'exclama :

— Ah mon ami, mon frère ! Enfin quelque chose de bien aujourd'hui !

Car Éric apportait une bonne bouteille de calvados ainsi que trois verres. N'ayant pas vu Alexandre ressortir de l'atelier, il avait pensé qu'il serait peut-être opportun de lui ramener ses vêtements puis d'aller leur porter un remontant ; le péché mignon du Français, savait-il. Après avoir fermé les robinets de la baignoire, pris les frusques du nudiste archimédéen puis déniché l'une des excellentes bouteilles de son patron, il s'était donc rendu à la suite de l'indécent Français. D'un pas tranquille, Éric s'approcha d'eux et, en déposant les petits verres après avoir tendu ses vêtements à Alex, aperçut les tentatives qu'avaient gribouillées les deux hommes sur de nombreuses feuilles de papier qui traînaient sur le bureau. Curieux, tout en servant à boire à tout le monde, il leur demanda alors :

— Tiens, vous jouez au combat naval ?

— Au... au combat naval... répéta Bob pensivement quelques secondes. Mais, oui ! hurla-t-il presque juste après. C'est peut-être cela le truc avec les chiffres du code ! précisa-t-il enfin en regardant Alex qui venait de déjà terminer son calva et s'en resservait déjà un autre. Peut-être faut-il regarder les chiffres au début des deux mots comme s'ils étaient une sorte de localisation dans le texte lui-même.

Sans encore bien comprendre où il voulait en venir, Alex le dévisagea. C'était son tour d'être impatient d'en apprendre plus. Quant à Éric, qui ne comprenait rien à leur charabia, judicieusement, sentant qu'il gênerait s'il demeurait là, sans ajouter un mot, il sortit discrètement. Ce faisant, il constata que le Français, vraisemblablement obnubilé par leur besogne, n'avait toujours pas remis ses vêtements. Ce qui le fit de nouveau sourire jusqu'aux oreilles. Son patron, quant à lui, afin de vérifier son hypothèse sans doute, s'était penché lui aussi sur l'écran.

Au bout de cinq minutes – qui parurent une heure au moins à Alex qui trépignait à ses côtés sans laisser de temps à la bouteille de calva de souffler et qui, entre deux verres, se frottaient ses énormes mains pleines de cicatrices –, au bout de cinq minutes, le Namurois lui expliqua finalement son résultat. Mais il le fit d'une telle manière que ce résultat laissa le Corso-Normand pantois tant il n'y comprit goutte ; et c'est le cas de le dire. En adoptant un ton plein d'emphase et de mystère un ton de présentateur de foire ou de cirque, Bob lui affirma :

— Demain sera une journée dédiée à l'ambre. Elle sera rose et blanche, fruitée avec des notes de caramel et de malt puis très spéciale surtout, à 8 degrés 7 tout de même, précisa-t-il enfin à Alex en guise d'indice.

Alex – qui commençait à comprendre que le Belge parlait sans nul doute de l'un de leurs poisons si renommés qu'ils nomment de la bière ; délicieux poison qu'il aimait lui aussi, mais moins que le calva ou le pastis tout de même –, Alex sourit tout d'abord, mais continuait de n'y rien comprendre. Pourquoi Bob se mettait-il à pérorer sur la bière tout d'abord... puis de laquelle s'agissait-il ?

Mais, à la place de lui révéler tout de suite le nom de cette bière – et donc le lieu qu'il venait de découvrir après avoir décodé le message –, Bob lui expliqua ce qu'il avait découvert quant à ce code.

— Regarde ! fit-il en désignant la photographie de la pierre tombale d'Ystasse de Seron. Jusque maintenant, nous avons employé ce texte obituaire en commençant par le début de la phrase, Chi gist, etc. Mais il faut seulement compter les lignes en fait. La première se trouve en bas, la seconde à gauche, avec le nom et la date de décès du chevalier, la troisième en haut puis la quatrième à droite avec le nom de son épouse ainsi que sa date de décès. Le 4 fait donc référence à cette dernière ligne... qui sert de clé pour ce premier mot. Or, cette ligne est constituée de plus des 23 lettres qui servaient d'alphabet à cette époque. Ce qui signifie que l'auteur a très probablement reproduit plusieurs fois ce dernier à la queue leu leu et qui explique pourquoi le 2 revient dans le premier mot codé. Ce deux signifie qu'il s'agit de la lettre correspondante dans le second alphabet de la même ligne.

1	M	A	R	o	i	e	s	a	f	e	m	e	k	i
	a	B	C	d	e	f	g	h	i	k	l	m	n	o
2	t	r	E	p	a	s	a	t	l	a	n	d	e	g
	P	q	R	s	t	v	w	x	y	z	a	b	c	d

Fort étonné de ne pas avoir compris ce codage si simple pourtant, en dodelinant de la tête, Alex termina alors :

— Parce qu'il ne trouvait pas la bonne lettre dans le premier. Et... et qu'est-ce que cela donne ? demanda-t-il ensuite à brûle-pourpoint.

Ce à quoi, très fier d'être celui des deux qui était parvenu à briser ce code cette fois-ci, et alléché déjà rien qu'en pensant à ce savoureux nectar divin, Bob se contenta de répondre :

— Eh bien, mon lieutenant, nous trinquerons demain avec... un bonne triple Bruges ! Car le 4 l correspond à la lettre F du mot feme, le Y au L du mot l'an, le B au A de Maroie et que, pour faire court, au final, on obtient « Flandrorum Brugis ».

Et rien qu'en pensant lui aussi à cette belle annonce d'une excellente triple Bruges à venir, fort joyeusement, à la Belge, Alex lança :

— À la tienne, Étienne ! Et à toi, François ! Et... et aux affaires qui reprennent !

Quoi entendant, Bob, qui savait ce que ces mots signifiaient dans la bouche de son ami, se permit pourtant de tempérer ses élans. En avançant la main droite, paume ouverte, devant lui, il lui dit :

— Oh là ! N'allons pas trop vite tout de même. Si, grâce à Fanny, en ce qui concerne la rose et le pélican, je vois à peu près de quoi il s'agit...

Une déclaration qui étonna Alex par rapport au pélican puisqu'il se doutait que cette seconde rose était sans doute, elle aussi, la statue d'une Vierge Marie quelconque du lieu. Mais il n'eut rien le temps d'encore lui demander ni de lui montrer sa joie d'entendre cela que le Namurois continuait d'émettre des doutes quant au bon déroulement de leur périple.

— Mais je n'ai aucune idée de ce que peuvent être le bourdon, l'enclos de la vigne ou l'aigle par contre, lui avoua-t-il non sans embarras. Puis rien ne nous dit que les points de repère situés dans cette cité de Bruges existent toujours aujourd'hui, lui rappela-t-il pour terminer sur un tout dernier bémol.

D'un air maussade, le Français fronça les sourcils puis, de ses lèvres un peu épaisses, fit une moue de râle qui lui tendit soudain la fossette du menton ; menton qu'il avait à l'américaine, bien carré.

— Sinistre empêcheur de rêver en rond ! maugréa-t-il en même temps.

Enfin, cet éternel optimiste d'Alex ne put s'empêcher de naïvement lui déclarer :

— Moi, j'ai foi en notre bonne étoile ! Je suis certain que nous aboutirons à bon port et que ce moinillon du 15e a choisi les points de repère les plus pérennes de cette magnifique cité où la foi chrétienne transpirait de chaque mur. Une cité qui, à cette époque, si je me souviens, était l'équivalent de Venise à la fois au point de vue des arts et de l'architecture ainsi que de la richesse due à son commerce. Donc, j'imagine que, si ce moine a pris la peine de se rendre jusque-là, il a dû ne choisir que des éléments dont il aurait pu jurer qu'ils resteraient debout en traversant le temps et les guerres, non ?

Bob regarda son ami avec inquiétude. Il espérait lire un soupçon d'ironie au moins sur ces traits, mais Alex semblait avoir parlé avec le plus grand sérieux... bien que trop vite à son goût et sans suffisamment prendre le temps de réfléchir. Aussi, tandis le Corso-Normand s'apprêtait à recommencer de l'enivrer de ses rêves un peu fantasques, de l'enivrer et de s'enivrer du même poison, qui plus est, celui de ses illusions, Bob le coupa-t-il brusquement. En plaçant sa main droite juste en avant de son corps comme s'il souhaitait arrêter un cheval au galop, il le rappela à plus de raison :

— Eh ! Comme tu y vas ! lui dit-il. Faut redescendre sur terre un instant, mec ! Puis, il faut peut-être arrêter de lever le coude, ajouta-t-il en constatant que la bouteille était déjà aux trois quarts vides (ou n'était plus qu'au quart pleine). Tout d'abord, le moine ne s'est certainement pas rendu à Bruges, car il n'en eut pas le temps. Souviens-toi de ce qu'écrit Jeanne de Namur à ce sujet : « en l'espace de deux messes dominicales », c'est-à-dire en sept jours. Ce qui ne lui laissait donc pas le temps de réaliser un aller-retour jusque Bruges, d'y trouver une cache sûre ou des points de repère aussi durables que tes rêves te le font espérer puis d'y cacher la chasse d'ivoire et les éperons d'or que lui avait confié la comtesse. Enfin, rien ne nous dit non plus qu'il a été cacher ces objets dans cette cité. Notamment, à cause de ce que narre la suite du message et qui nous renvoie peut-être à l'autre bout du pays, « dans le livre, cherche et trouve le point d'ancrage... »

Alex, le cheval noir du célèbre attelage platonicien, rua et fit grise mine, mais il savait que Bob, le cheval blanc, avait raison. Et qu'il devait arrêter de prendre sa bouteille de calvados pour un biberon, qui plus est. Comme un enfant pris en défaut, il lui tendit alors celle-ci en baissant la tête.

— Oui, tu as tout à fait raison ! convint-il en même temps. Comme d'habitude, je me laisse emporter par mon imagination et par mon envie d'aventure autant que par le calvados façon grand-père. D'autant que le bouquin est peut-être celui qui a été volé...

Mais, en adoptant un ton des plus goguenards, Bob se moqua alors de lui à la manière des Normands :

— Peut-être en effet ou... peut-être pas, lui objecta-t-il en imitant ainsi cette célèbre indécision que l'on reproche parfois aux habitants de Normandie.

Finalement, sans plus s'expliquer à propos du pélican et de la rose, laquelle n'avait rien d'une Sainte Vierge quelconque, deux éléments qu'il gardait dans sa besace pour demain, Bob conclut ceci :

— Peut-être qu'il s'agit aussi d'un livre que « le chemin des dames » nous permettra de découvrir ou dont il nous indiquera le titre en tout cas ?

— Le chemin des dames, reprit Alex en écho. Et poète avec ça !

Puis ce fut la nuit complète

Dès qu'elle eut posé un talon sur le trottoir, sans même les saluer ou leur adresser la parole, Miss Lang Tchao Ti jeta un regard dédaigneux sur les deux larves qui l'attendaient. Ensuite, tandis que ces deux vers demeuraient tout courbé, elle se dirigea vers la grille de l'ambassade tandis que Floriane la lâcha un instant des yeux afin de suivre ses deux gardes du corps à présent, mais sans les trouver pourtant.

« Mais…mais où sont-ils donc ? » songea-t-elle.

Elle n'eut cependant pas le temps de plus y réfléchir, car son attention fut soudain captivée par une surprise. Venant juste de sortir de l'ambassade à sa rencontre, un Indo-européen – menton carré, glabre, cheveux ras, démarche de cow-boy et chewing-gum en bouche –, fit lui aussi une profonde révérence à cette grande patronne du crime qui ne le regarda guère plus qu'elle n'avait regardé les deux Asiatiques. Pour elle, en effet, mis à part quelques-uns qui sortaient du lot qu'elle considérait comme ses acolytes – mais rares, très rares –, tous les hommes étaient ses sbires et ses exclaves, pas plus.

« Ce gars-là a tout de la caricature de l'Américain typique », pensa la détective suspendue à ses lunettes.

Car c'était en effet une vraie caricature d'un acteur de western qui venait de présenter ses salutations à Miss Lang en la priant, avec tout plein d'égards, de l'accompagner à l'intérieur. Par contre, focalisée qu'elle était par la scène que filmait leur drone, c'est-à-dire, surtout, presque fascinée par cette extraordinaire femelle qui sortait de la voiture en dandinant des fesses aussi moulées que celles d'une statue de Michel-Ange et que tous les hommes paraissaient sinon vénérer au moins respecter au plus haut point, tels des sbires ou des esclaves justement, Floriane en avait oublié toute prudence ; entre autres choses, de tenir à l'œil les gardes du corps de celle-ci. Soit une chose impardonnable dans son métier. Or, au moment même où elle se demandait de nouveau ce qu'ils étaient devenus ceux-là, d'un coup sec qui la fit sursauter, la portière de sa voiture, qu'elle n'avait pas fermée à clé, s'ouvrit violemment et deux puissantes mains l'agrippèrent afin de l'en extirper. De stupeur, la détective un peu replète demeura tétanisée. Ils étaient là les gardes de Miss Lang !

L'un la tenait entre ses pognes de lutteur de sumo tandis que l'autre, plus maigre et plus sec, surveillait la rue afin de s'assurer que personne ne regardait. Ensuite, en moins de temps qu'il ne faut pour le dire, Floriane Nowak se retrouva avec un chiffon imbibé d'une saleté pharmaceutique qui eut sur elle un effet à peu près immédiat. Elle eut un mouvement de terreur, de même qu'une semblable expression s'imprima sur son visage, gigota un peu tout d'abord en tâchant de se débattre du mieux qu'elle le pouvait puis s'évanouit purement et simplement dans les bras du lutteur de sumo qui ricanait en la regardant méchamment.

« Ainsi m'avaient-ils bien repérée », songea-t-elle un peu tard cependant en pénétrant dans le territoire de Morphée.

Puis ce fut la nuit complète.

Même à cette distance éloignée, à savoir trois kilomètres et demi, Erker perçut tout à fait la panique de sa collègue grâce à cette puce électronique qu'ils s'étaient fait implanter quelques années plus tôt et qui les connectait lorsqu'ils le souhaitaient ; ce qui était évidemment le cas lors de leurs missions d'enquête ou de filature. Ce qui fait qu'il s'effraya tout d'abord, parce que c'était la première fois qu'il ressentait une telle panique chez elle – presque de la terreur –, puis songea que ce n'était vraiment pas le moment, pour lui, de se mettre à paniquer à son tour. Non seulement Boulette était connectée avec lui grâce à une puce, mais elle était équipée, de plus, du matériel de géolocalisation le plus moderne, c'est-à-dire une autre puce incorporée qu'aurait tôt fait de pister son équipe... dont il est temps de vous toucher un mot.

En plus de ses deux fondateurs, l'A.P.A., l'Agence de Protection des Arts, est constituée de trois autres membres, deux femmes et un homme. Oleg Bousdarov, 29 ans, un enfant de Russes devenus Allemands à la chute du mur de Berlin en 1991 et dont j'ai déjà touché un mot en signalant qu'il était le spécialiste en informatique de l'agence. Liliane Hertz, quant à elle, une Autrichienne de 43 ans, est la seconde à les avoir rejoints et est la doyenne du groupe. C'est une psychologue, mais aussi, et surtout, une ancienne députée européenne qui leur donne accès à l'univers aussi confiné que secret du monde politique. Parce que, contrairement à ce que l'on peut croire, la plupart des vérités dans ce monde-là se dissimulent dans les ombres ; dans les salles prévues pour recevoir des dirigeants d'entreprises par exemple ou dans les couloirs. Enfin, la dernière personne qui a apporté ses précieuses capacités à l'agence est une autre femme, mais un peu curieuse. Une femme qui ne sort à peu près jamais de l'appartement que lui a loué l'agence juste au-dessus de leur bureau. Elle se nomme Alya Watts, est Anglaise et a 32 ans. Plutôt mignonne avec ses bouclettes rousses et sa frimousse de lolita au visage ovale et aux jolis yeux bleus clairs, elle ne sort presque jamais parce qu'elle est obnubilée par la technologie et passe ses jours et ses nuits parfois, uniquement, à chercher les meilleurs gadgets, à les trafiquer ou à les fabriquer même. Mais il faut dire qu'elle a toujours été considérée comme un petit génie ; souffrant malheureusement d'un léger trouble du spectre autistique. Elle a donc beaucoup de difficultés à entretenir des relations avec d'autres êtres vivants, hormis deux oiseaux exotiques qui demeurent avec elle, en liberté, dans son appartement aux fenêtres toujours closes. Un petit génie autiste qui est bardé de diplômes : polytechnique, électronique, électricité, langues orientales, art et histoire des civilisations sud-américaines, logique, physique et mathématique – de quoi faire rêver un cancre –, mais qui, en revanche, ne parle à personne d'autre qu'à Erker, Floriane et Liliane. Car elle a effectivement une peur bleue, tout à fait irrationnelle bien sûr, d'Oleg et n'ose pas lui adresser la parole, ni lui écrire, ni même le regarder si, par hasard, elle le rencontre ; ce qui arrive toutefois fort rarement puisqu'elle ne sort à peu près jamais de chez elle.

Erker n'avait pas le temps de contacter le reste de son équipe pour le moment et ne pouvait qu'espérer qu'ils soient déjà sur le coup étant donné que leur puce émotionnelle étaient reliées à leur ordinateur par liaison satellite. Oui, contrairement à la police, ils avaient les moyens à l'A.P.A.… et bien moins de retenue quant aux pusillanimes moralines à l'eau de rose de groupes politiques qui rendaient à peu près impossible aux agents des forces de l'ordre de s'équiper de gadgets transhumains qui leur eussent permis, bien plus aisément, de devenir de supers agents ! Une moraline dont, hormis Alya Watts, qui de toute manière demeurait à domicile, aucun des autres membres de l'Agence ne s'encombrait puisqu'ils étaient tous des transhumains justement. Or, si Erker Strauss n'avait pas de temps à consacrer à cela pour le moment, c'était parce qu'il venait de se mettre dans de beaux draps lui aussi. Dès que s'était garé Jonas Prestemain, lui aussi s'était garé pas bien loin puis il avait attendu quelques minutes que l'homme sortît de son véhicule. Mais le bougre ne paraissait pas pressé et l'ancien policier s'imaginait bien à quel petit jeu malsain ce toxicomane jouait en cet instant. Là-dessus, sans aucune empathie, car il n'aimait pas du tout les drogues ni les drogués bien qu'il les considérât comme des victimes du système et d'un mode de vie délétère cependant, il avait ricané :

« Et en avant pour une nouvelle dose, petit Jojo ! »

Enfin, au bout d'un quart d'heure environ, le gaillard était sorti en titubant et, en le voyant zigzaguer comme un zombie sur le trottoir, les yeux révulsés et la bave aux lèvres, le détective n'avait pu s'empêcher de songer :

« Décidément, il faut qu'il soit tout à fait incontournable celui-là pour que des gens aussi professionnels que des voleurs internationaux l'emploient. Pour un peu et il va se mettre à vomir ! »

Mais le facteur n'avait pas vomi. S'étant muni, cette fois-ci, d'un sac de la taille d'un livret, avait remarqué Erker satisfait, il avait plutôt franchi le seuil de l'une des nombreuses boutiques de cette place du Sablon. Une boutique d'antiquités au nom évocateur de « Scarabée d'or » qui proposait toutes sortes d'articles égyptiens… ou présentés comme tels en tout cas. Après avoir jeté un rapide coup d'œil à son portable, l'enquêteur était donc parti à la pêche aux informations. Mais si, sur Internet, il avait découvert l'adresse et le téléphone de la boutique en question, il n'avait toutefois trouvé aucun autre renseignement, pas même le nom du propriétaire ; ce qui lui avait paru curieux. Puis il avait constaté que Jonas Prestemain paraissait prendre son temps. Aussi s'était-il décidé à courir un risque… ce qu'il aurait mieux fait d'éviter. Il était sorti de sa voiture et, l'air de rien était passé juste en face de la vitrine afin d'y jeter un œil. Aïe ! C'était une grossière erreur ! Parce que, là, soudain, il avait reconnu le gros type aujourd'hui tout adipeux qui se tenait au comptoir et paraissait menacer d'un de ses gros doigts boudinés le Jojo ; sans doute pour les mêmes évidentes raisons que ce qu'il reprochait lui-même aux toxicos en général, à savoir de ne plus faire montre ni d'aucune prudence ni moins encore de discrétion. Or, au même instant où l'ancien policier d'Interpol avait laissé glisser son regard vers l'intérieur de la boutique dans laquelle fourmillaient toutes sortes d'antiquités pas toutes très antiques, le gros marchand avait levé les yeux vers lui et, soudain devenu blême, avait paru le reconnaître. Reconnaître celui qui, onze ans plus tôt, l'avait arrêté en France. La gaffe donc !

Heureusement, l'ancien policier avait conservé de bons réflexes et tout de suite avait tourné la tête puis s'était dirigé vers une autre boutique d'un bon pas, bien que pas trop rapide non plus afin de ne pas plus attirer l'attention sur lui si jamais le marchand, comment déjà, ah, oui, Lacraille, Jérôme Lacraille, ne l'avait finalement pas reconnu.

Enfin, dès qu'il avait été devant le magasin suivant, il s'y était engouffré en se dépêchant cette fois-ci d'en rejoindre le fond et de s'y dissimuler derrière un vieux buffet de style Louis XVI (16). De là, il avait alors entr'aperçu Jérôme Lacraille sur le trottoir occupé à scruter à droite et à gauche puis vers la boutique où il se trouvait, mais, finalement, le marchand n'avait pas pensé, ou osé, y pénétrer afin d'y fouiller et était retourné dans la sienne à la place.

« Ouf ! avait alors soufflé le détective rassuré. Mais il faut que je contacte Interpol dès à présent, car cela devient très sérieux. Avec un type comme ce Lacraille dans les parages, il est à parier que d'autres gros poissons ne rôdent pas bien loin. »

Néanmoins tandis qu'Erker tapotait sur l'écran de son portable, une insupportable sensation de peur panique l'avait subitement étreint. Bien sûr, il n'avait pas vécu lui-même cette panique, dont il ne connaissait pas non plus l'objet, mais, tout de même, l'émotion avait été si poignante qu'il en avait presque lâché son téléphone en même temps qu'avait fusé de ses lèvres, fines et serrées, un petit cri de frayeur. Un petit cri qui ressemblait à s'y méprendre à celui que fait une souris en train de se faire ballotter par un chat. Et, tout de suite, il avait alors su que sa collègue Floriane courrait un danger… grave peut-être. Grave au point d'avoir fait naître en elle un sentiment de terreur si puissant qu'il en était demeuré tout pantelant durant deux minutes au moins. Un laps de temps au bout duquel il s'était cependant ressaisi parce que, pour l'heure, il lui fallait compter sur ses autres collègues pour Floriane et régler au plus vite cette affaire de trafic international.

Une affaire qui, pour lui, était presque terminée puisque lui-même ne pouvait pas arrêter Jérôme Lacraille et ne pouvait qu'en signaler les activités illégales aux forces de l'ordre. Par contre, comme il y avait eu franchissement d'une frontière, il n'était pas obligé de contacter la police belge, mais pouvait joindre à la place, directement, Europol ou Interpol. Résolu, Erker se permit donc de contacter l'un de ses anciens collègues. Un ancien collègue qui vivait à Bruxelles justement et que, en quelques mots, après de brèves salutations, il mit au courant de son affaire.

Celui-ci, dès qu'il eut entendu le nom du salopard qu'Erker avait retrouvé à Bruxelles, s'exclama :

— Tiens donc ! La grosse craille !

Mais cette moquerie laissa l'Allemand de glace, car il ne la comprit pas. Mais comment l'aurait-il pu puisque son ancien collègue venait d'employer un terme d'argot typiquement wallon. Un mot qui signifie, d'une manière fort vulgaire, le sexe d'une femme.

Puis il assura Erker qu'il ferait tout son possible pour démarrer une enquête contre ce réseau, même s'il ne s'agissait peut-être pas du groupe Hermès et raccrocha. Cela tandis qu'Erker se demandait comment il allait pourvoir faire pour rejoindre sa voiture sans se faire voir du marchand à présent. Quant au livre d'Heures ? Ma foi, il était perdu pour la France. Il fallait se faire une raison, songea-t-il un peu mélancolique tout de même.

Toutefois, le sort en avait décidé autrement. Car, au même instant où il pointait le bout du nez sur le pas de la porte afin de contourner la place pour rejoindre son véhicule discrètement, Jérôme Lacraille, que sa masse rendait imposant et aussi lourd qu'un pachyderme, vint briser la vitrine de sa boutique en la traversant comme un vulgaire objet. À l'intérieur, la tête couverte de taches de sang frais, le Carolo, rendu insensible à cause de la drogue qui courrait dans ses veines, se tenait droit debout, en face de la vitrine brisée, l'air hagard et perdu, les yeux révulsés de fureur, une enveloppe, dont s'échappaient quelques billets verts, gisant à ses pieds. Vraisemblablement, ils avaient eu un différend quant au prix fixé ou exigé par l'un ou par l'autre. Peut-être le Carolo avait-il eu les yeux plus gros que le ventre en exigeant plus d'argent ? Puis une bagarre s'en était suivie…

Or, c'était effectivement, à peu de choses près, ce qui s'était passé entre eux. Si ce n'est que c'était Jonas qui s'était énervé à cause du fait que le marchand avait soutiré quelques billets de son enveloppe « en guise de dédommagement pour tous les ennuis que me cause ta présence et ton retard », lui avait-il jeté à la face, ce faisant. Ce qui avait eu l'heur de mettre le Carolo dans tous ses états et de le rendre comme fou. D'un bond si agile que l'autre en était demeuré surpris tellement il ne s'attendait pas à une telle vélocité de la part de cet individu bourré de came, gonflé à bloc toutefois à cause de ce qu'il avait perçu comme étant une injustice à son égard, Jonas l'avait donc agrippé par le col puis, l'ayant extrait du comptoir en tirant sur lui, il l'avait fait valdinguer une première fois sur le sol de sa boutique en détruisant au passage plusieurs vases de grand prix. Mais Jérôme Lacraille n'était pas un homme que l'on peut impressionner ou vaincre aisément. Puis c'était aussi un homme plein de ressources. Il avait d'ailleurs réagi tout de suite après qu'il se fut rétabli et avait lancé au visage du Carolo une statuette de babouin qui datait du temps des Ramsès. Un bibelot à l'effigie du dieu Thot qui était venu éclater l'une des arcades sourcilières de son agresseur en même temps que lui griffer la joue. Un acte après lequel, de colère et en dépit du sang qui lui dégoulinait devant les yeux et sur tout le visage, Jonas, dans un sursaut de furie, s'était jeté de nouveau sur Lacraille, l'avait soulevé puis balancé dans la vitrine en la faisant voler en éclat. Ainsi le marchand était-il venu terminer sa course presque aux pieds de celui qui l'avait arrêté autrefois et que, dès qu'il avait été à même de se remettre debout, il avait reconnu sans plus d'erreur possible.

Le rouge de la colère se mit à envahir tout le visage de Lacraille qui lança alors un regard à l'ancien policier qui en disait long sur ce qu'il pensait de lui. S'il l'avait pu, sans risque, il lui aurait sauté à la gorge. Puis, pensant sans doute que le Carolo avait quelque chose à voir avec la présence du poulet qui l'avait fait mettre au trou jadis, il se tourna à la place en direction du « facteur » carolo qui triomphait toujours de l'autre côté de la vitrine brisée, soupira et, d'un geste significatif, celui de son pouce passant sous sa gorge, lui fit comprendre ce qui l'attendait à présent. Un geste après lequel Jonas parut enfin se rendre compte du merdier dans lequel il venait de se fourrer et tourna la tête de droite à gauche, soudainement tout affolé.

« Merde ! se dit-il. Les poulets vont sans doute débouler d'un instant à l'autre. Faut qu'je me casse d'ici dare-dare ! »

Néanmoins, fatale erreur, avant de sortir de la boutique de ce voleur de Lacraille qu'il maudissait intérieurement, il tenta de lui dérober sa recette. S'approchant en un éclair de la caisse, il avisa un levier avec le bras d'une statuette de bronze qui y était déposée puis força le tiroir-caisse et en extirpa tous les billets qui s'y trouvaient. Puis c'est seulement une fois ce méfait-là qu'il tenta de sortir de la boutique d'antiquité. Or, là, juste dans l'encadrement de la porte, prêt à le battre à mort devant tout le monde, le marchand aux yeux globuleux qu'il venait d'expédier sur le trottoir lui barrait la route, main levée et muni d'une canne à pommeau. Car, dans sa propre vitrine brisée, Jérôme Lacraille s'était armé d'une canne dont le pommeau était de bronze et représentait une tête de loup. Levant cette arme improvisée, il était à deux doigts de fracasser la tête de Jonas lorsque, subitement, ce fut lui qui s'effondra, tête en avant. Erker n'avait pas pu rester à ne rien faire tandis qu'il était persuadé que Lacraille allait tout simplement tuer son adversaire en prétextant à la fois un vol et la légitime défense. Beaucoup de gens ne l'avaient-ils pas vu passer à travers sa vitrine puis n'avaient-ils pas vu Jonas Prestemain en train de jubiler et de lui voler sa recette surtout ? Il aurait donc commis un crime, certes, mais qui lui serait peu reproché par la suite, sinon pardonné. Le détective privé qui l'avait suivi jusque l'entrée de sa boutique, de toutes ses forces, avec un gourdin qu'il avait improvisé avec l'un des objets de la boutique, un ancien godemichet en bronze, le détective l'avait donc tout bonnement assommé.

Enfin, juste après que l'antiquaire se fut écroulé de tout son poids sur le sol, une voix rauque, au ton comminatoire, qui venait de derrière lui, le surprit :

— Les mains en l'air ! ordonna cette voix.

Or, une telle voix de cavalerie qui arrive trop tard, il n'y a pas à en douter, c'est sûrement la police, se dit Erker, qui obéit tandis que l'agent de quartier, Maurice Maniquet réalisait ses toutes premières arrestations.

— Mains en l'air tout le monde ! répéta le policier fébrile qui venait d'entrer dans la boutique.

Sans même se retourner, Erker leva les mains puis se coucha au sol selon les ordres qu'intimait le policier ; un jeune homme dont c'était une première sortie et qui, pour la première fois, devait employer son arme... lui qui n'était qu'un agent de quartier. L'Allemand l'entendit ensuite employer sa radio pour appeler du renfort, fier de lui, mais bégayant un peu, car il était sous le choc ; ce qui est compréhensible vu qu'une première intervention ou arrestation est fort semblable, il s'en souvenait, à un premier rendez-vous galant ou à un dépucelage. Mais d'obéir ne fut pas le choix du Carolo Jonas Prestemain par contre. À la place, il chercha à se débarrasser de sa drogue tout d'abord... et mal lui en prit. Un peu trop tatillon et sans doute excédé par un service de plus en plus difficile et de moins en moins bien considéré par un grand nombre de ceux-là même pour la sécurité desquels il travaille, le peuple donc, Maurice Maniquet, 33 ans, 1 m 75, 85 kg, policier de quartier depuis six mois seulement, crut que ce suspect-là, fort louche s'apprêtait à sortir une arme en effet. Aussi, sans faire de sommations, lui balança-t-il un vilain pruneau dans la poitrine. « Une bavure. Une regrettable bavure », écrirait-on dans les journaux du lendemain en signalant le décès du toxico.

Jonas Prestemain, qui ne comprit pas tout de suite ce qu'il lui arrivait de funeste, vacilla un instant, fit un pas en avant puis un second, avec un air toujours rageur sur le visage, avant de s'écrouler sur le sol en lâchant tout son argent en même temps qu'un petit sac. Un petit sac qui s'ouvrit et duquel s'échappa un beau livre d'Heures. Un livre qui irait donc passer un moment dans les bureaux de la police bruxelloise avant d'être restitué à l'état français, son propriétaire légitime, puis rendu à son découvreur. Erker tenta alors de se retourner afin de faire face au policier, mais il n'en eut pas le temps cependant. Dans sa chute, Jonas avait emporté avec lui une cordelette qui retenait un ancien lustre à chandelles suspendu au plafond. Un lustre plutôt lourd qui tomba sur le crâne du privé sans heureusement lui faire trop de dégâts. Subitement, il vit alors tout tourner autour de lui en même temps que tout plein de couleurs apparaissaient devant ses yeux…

Puis ce fut la nuit complète.

La Nouvelle Jérusalem... européenne

« Trouves-y le secret sur lequel veillent le Pélican et la Rose ; Dans chacune de leur main de justice. L'un se trouve où demeure la Sainte Arche de la Nouvelle Jérusalem. »

Si certaines capitales ont exercé autrefois, et exercent encore parfois de nos jours, à tort ou à raison, une bien étrange fascination sur les êtres humains – Babylone en Mésopotamie, Rome en Italie, Ankara en Turquie, Paris en France ou Londres en Angleterre par exemple –, d'autres villes, bien que plus petites et pas du tout des capitales, sont parvenues, elles aussi, à acquérir au fil du temps une renommée telle qu'un fort grand nombre de touristes y affluent dès que le leur permet la saison, leur porte-monnaie et leur emploi du temps. Ainsi en va-t-il pour des cités telles que Florence et Venise en Italie, Grenade et Barcelone en Espagne, Prague et Vienne en Autriche ou Amsterdam en Hollande, voire tout simplement des cités plus petites encore, mais qu'ont épargnées les meurtrissures du temps et des guerres telle la célèbre Bruges flamande – puisqu'il en existe une autre en France, en Gironde – ; raison pour laquelle le confesseur de Jeanne de Namur, un moine franciscain de la commune de Damme située pas loin de Bruges justement, avait pris la peine de préciser, dans son message codé, la situation précise de <u>sa</u>

Bruges en la nommant Brugis Flandrorum. Toutefois, leur patronyme est bien la seule chose qui pourrait prêter à confusion parce que la Bruges française, bien qu'âgée de 1.000 ans au moins, à la différence de celle de Belgique, n'a conservé que très peu de traces de son patrimoine séculaire. Pourtant, il fait avouer que, si c'est tout l'inverse pour celle de Flandre occidentale, la seule province belge que borde la mer du Nord, ce n'est pas à cause du conservatisme ou d'une espèce d'atavisme que l'on reproche parfois aux Flamands. Non, ce n'est pas dû aux hommes en effet. Plutôt aux coups du sort. Une fortune, bonne ou mauvaise qui, depuis sa création, n'eut de cesse de frapper cette cité jouet des dieux.

Ses premiers architectes reconstruisirent un village qui s'y dressait dès le 8e ou le début du 9e siècle après J.-C. et lui donnèrent tout d'abord la forme d'un œuf. Un œuf qui ne s'avéra guère philosophal à la longue par contre, y compris lorsque, grâce à un subit raz-de-marée survenu en 1134, le Zwin qui s'y créa, un ancien bras de mer donc, lui permit de s'enrichir à l'extrême à cause de ce tout nouvel accès à la mer ; croulant alors sous l'or et la renommée de ses dentelles, de ses draperies, de ses produits manufacturés réalisés avec de la laine surtout, mais une laine anglaise par contre. Richesse et opulence qu'elle connut alors pendant trois siècles environ, du 12e au 15e, mais qui ne la poussa pas du tout à plus apprécier ses plus pauvres frères de Flandre ; que du contraire ! De toute façon, à l'époque, toutes les cités ou presque se battaient entre elles ou se jalousaient et se concurrençaient surtout le moindre des privilèges. Puis moins encore lorsqu'elle chuta de si haut et perdit à peu près tout intérêt et tout son argent... jusqu'au siècle des romantiques. Parce que, en Flandre, tout comme en Wallonie ou dans la plupart des autres pays, jamais les habitants des différentes cités ne parvinrent à transformer le plomb qu'étaient leurs relations en or pur ; jamais ils ne parvinrent à s'entendre véritablement. Les Brugeois, par exemple, puisque je parle de cette si belle cité de Belgique dont une petite partie seulement était constituée d'arrogants nobliaux, ne supportaient pas ce qu'ils prenaient pour de la morgue de la part des Gantois ; lesquels finiraient néanmoins par les surpasser en richesses et par contrôler leurs mœurs et leur langue en leur imposant, ou en tâchant de le faire en tout cas, la langue française dès le 19e siècle en remplacement du patois brugeois. Laquelle langue française était la langue internationale à cette époque. LA langue des Belles-Lettres ! Une chose que les Gantois tentèrent d'ailleurs d'imposer à toute la Flandre dès que se constitua la Belgique en 1831 et qui conduisit à tout plein de révoltes, hormis en Wallonie qui se soumit à cette volonté également soutenue par Bruxelles. Ensuite, si les Brugeois, le peuple de Bruges surtout, ceux que l'on appelait jadis les plébéiens, haïssaient les Gantois en général, entre autres choses en raison des si nombreux conflits qui les avaient déjà confrontés et déchirés au fil des siècles, ils n'aimaient pas beaucoup plus les grouillants Anversois, qu'ils considéraient à la fois comme des concurrents et des pouilleux surtout... des marins d'eau douce à peine bons à grappiller ici ou là quelques contrats de transport, mais pas bons du tout dans la transformation des matières premières ; des arrogants Bruxellois, gens sales et plus vénaux que le diable lui-même ; des puants Ostendais, des êtres plus proches des poissons que des humains, etc. Pour la plupart des Brugeois, eux qui travaillaient d'arrache-pied et dont l'habileté était reconnue dans le monde entier, l'Anversois tout comme le Gantois ou le Bruxellois – pour ne parler que d'eux – étaient juste des fainéants, point ! Des paresseux tout crasseux qui puaient la crevette, le sprot (petit poisson de rivière) ou la moule. Mais il faut avouer que les Brugeois ne se prenaient pas pour de la m... et pétaient bien plus haut que leur cul. Cependant, ils ont gardé en Belgique, depuis le Moyen-âge, une aura de révoltés qu'ils entretinrent d'ailleurs plus d'une fois. Une aura qui brille toujours dans certaines traditions ainsi que dans le folklore de Flandre, qui plus est, et au moins une légende namuroise...

Enfin, mises à part ces vétilles si communes à tout plein de peuples et de régions – en Wallonie, les Carolos, les Liégeois et les Namurois ne s'entendaient pas mieux –, pour autant que la richesse, aussi colossale que méritée, inonda cet œuf tout découpé de veinules – ses nombreux canaux formés par la rivière Reie –, l'extrême pauvreté qui s'ensuivit dès que s'ensabla à jamais le Zwin, en dépit de toutes leurs vaines tentatives, eut pour eux – et l'humanité finalement – une fort heureuse conséquence : celle de leur rendre presque impossible de la défigurer en l'aménageant de manière moderne lorsque ce tic et cette manie se mirent à se répandre dans d'autres villes demeurées plus aisées... qui détruisirent la plupart des anciens bâtiments pour y couler ~~un bronze~~ du béton. Cela parce qu'un petit air de mosaïque architecturale plutôt que d'unité peut parfois – ce qui est le cas à Bruges – ne pas choquer et prendre à la place un air des plus charmants. Ainsi, grâce à sa chute du sommet de la fortune jusqu'aux abîmes de la misère, Bruges a-t-elle pu conserver toutes sortes de style qui s'y marient plutôt bien et mérite-t-elle toujours amplement les surnoms qu'on lui donna d'Athènes des Pays-Bas, selon Érasme, ou de Venise du Nord, selon Pedra Tafur. Ce qui fait que personne qui s'y promène, de nos jours, ne peut manquer de s'y sentir apaisé en même temps qu'ébloui par toutes les splendeurs qui y sont demeurées à peu près telles quelles. Et cela en dépit de l'absence quasi totale d'harmonie de tous ces styles qui s'y côtoient encore. Elle est toujours, selon le mot de Barlandus, professeur de Leuven au 16e siècle, « une cité qui paraît n'être née du mariage de la terre et de l'eau que pour nourrir l'âme et caresser le regard ». Et, en dépit de ce qu'elle connut très longtemps après sa chute la noblesse tranquille des déserts et qu'elle fut même surnommée, par les romantiques qui la remirent à l'honneur « Bruges-la-morte », elle est donc toujours aussi charmante que plaisante à visiter de nos jours ; enchanteresse même ! Cela même si l'on y entend plus, à l'instar du poète Rodenbach, les cloches semer dans l'air « la poussière des sons, la cendre morte des années » ni non plus le carillon sonner « non point l'heure nouvelle, mais la mort de l'heure ».

Évidemment, aux yeux d'autres gens moins poussés à la mélancolie ou à l'économie, un tel acharnement à rénover des vieilleries plutôt qu'à les détruire puis reconstruire des nouveautés, selon les critères des différentes époques, sentait le soufre. C'était une infâme volonté tout ecclésiastique – et rétrograde donc –, qui conduisait les habitants de Bruges à s'emmurer dans un médiévisme sans avenir. Une attitude aussi conservatrice que déraisonnable de radins qui refusaient de s'endetter joyeusement auprès des banques d'Anvers, de Gand ou de Bruxelles... et qui les conduisait à des rêves morbides en les faisant s'accrocher à une ancienne splendeur de jadis qu'ils jugeaient démoniaque... Mais il est fini ce temps-là ! Car Bruges, aujourd'hui, à défaut de la richesse de son commerce de jadis et de son port, est de nouveau toute pleine de vie en effet. Morte donc « Bruges-la-morte ». Des touristes, béats et admiratifs, y grouillent tous les jours depuis une quarantaine d'années sur toutes ses places et placettes, dans toutes ses petites rues, ruelles et venelles ainsi que dans ses Musées, ses églises, ses bâtiments anciens, ses boutiques, cafés, restaurants, magasins de souvenirs, etc. Puis sur ses bateaux-mouches de plus en plus bondés. De petits navires qui, à l'instar des bateaux-mouches de Paris ou surtout des gondoles de la Venise du Sud – une cité qui connut par ailleurs un destin tragique assez semblable –, la sillonnent du matin jusqu'au soir... en lui fendant la Reie.

Or, Bob et Alex étaient, ce matin-là, plutôt d'humeur à cela justement, à lui fendre la Reie. Ainsi, au lieu de foncer tête baissée vers les indices qu'avait déjà cru discerner le Namurois, avaient-ils plutôt choisi de prendre leur temps. Le Belge souhaitait effectivement faire découvrir au Français cette si magnifique cité moyenâgeuse. Après tout, rien ne les obligeait à ne pas joindre l'utile à l'agréable. Et si Alex y avait déjà mis les pieds, mais une seule fois, cela s'était passé fort rapidement et sans avoir eu le temps d'en déguster tous les parfums n'y d'en découvrir toute la beauté. Ils avaient donc opté, en premier lieu, pour une petite promenade en bateau justement. Ce qui était loin de déplaire à Alex, lui-même grand amateur de marine et capitaine d'un petit cotre. Ils embarquèrent sur le débarcadère situé Nieuwstraat, près du Gruuthuseburg, le luxueux palais urbain de la famille Gruuthuse devenu l'un de ses plus beaux musées, qui y fourmillent, soit dit en passant. Et, pendant une heure, faisant s'égailler les nombreux cygnes qui y dérivent quotidiennement, ils se ravirent donc de sa beauté comme de simples touristes ; ce que n'était pourtant plus Bob Lesage depuis longtemps puisqu'il connaissait fort bien cette cité dans laquelle il venait régulièrement durant des brocantes ou certaines ventes aux enchères. Aussi avait-il déjà eu tout le loisir de s'émerveiller plus d'une fois de toute la beauté de l'architecture gothique de certains de ses plus anciens bâtiments, tels que ceux de la place Jan Van Eyck que l'on entrevoit du bateau ou le célèbre béguinage. Puis d'y admirer aussi les arrières de toutes les maisons de cette cité qui sont en pierres ou en briques rouges, soit un signe évident d'une grande richesse durant une époque où le bois et le torchis étaient toujours la norme de la plupart des autres habitants de ces régions.

Ensuite, Bob se décida à conduire son ami jusqu'au pélican dont parlait la lettre du moine. L'un des indices qui devait permettre de finalement retrouver la chasse recouverte d'ivoire dans laquelle avaient été cachés, par Jeanne de Namur, quelques exemplaires des éperons d'or des chevaliers français battus lors de la bataille de Courtrai en 1302. Dès qu'ils eurent accosté au débarcadère situé sous un joli ponton de pierre brune de la Nieuwstraat, la rue nouvelle, ils remontèrent celle-ci, une petite rue pavée un peu étroite dont les pignons à pas de moineaux – des pignons saillants aux rampants découpés en redents –, sont l'apanage des maisons aux façades toutes blanches ou presque qui s'y dressent encore, puis ils tournèrent à droite en direction du beffroi dans la Oude Burg Straat, c'est-à-dire la rue du vieux château. Une rue un peu plus récente et qui se termine, à gauche, par une flopée de maisons tout droit sorties d'une gravure.

— Nous contournons la demeure d'une merveilleuse comtesse ! s'exalta Bob qui commentait leur visite.

Mais Alex eut tout de suite la tête de celui qui ne comprend pas.

— La comtesse de Flandre, ajouta son ami toujours mystérieux. Il s'agit de l'une de nos plus excellentes bières dont la brasserie se trouve juste derrière ce pâté de maisons, termina-t-il de lui expliquer en lui désignant le trottoir de gauche. Dès qu'ils furent parvenus au coin de cette rue sur le trajet duquel plusieurs potales [31] toutes remplies d'une Vierge au moins vous sourient en vous tendant les bras, de la rue de la volonté, ils parvinrent alors à la Grand-Place de Bruges. Grand-Place sur laquelle le beffroi, gigantesque flèche de pierre dirigée vers le ciel, veille depuis des siècles. Mais Bob indiqua à Alex de ne pas s'attarder à admirer son architecture néogothique. Le lieu où il comptait le conduire n'était pas cette tour médiévale séculière dans laquelle un joli carillon sonne toujours. Ce fut, après s'être dirigés vers la droite puis avoir remonté – pour autant que l'on puisse employer ce terme en Flandre –, la

---

[31] Niche murale, saillante ou renfoncée, dans laquelle se trouve une statue de saint catholique.

rue de Breidel, une petite rue ancienne, qu'ils avaient finalement abouti à la place du Burg. Là, brusquement, le Namurois se retourna vers son ami puis, de l'index, lui désigna une splendide église.

Ce faisant, fièrement, il s'exclama :

— C'est ici le pélican !

— Comprends pas, fut la réponse du français.

Le Français qui, en même temps, mécontent, se gratta la tempe tout en fronçant les sourcils. Mais Bob n'avait pas envie de lui dire pourquoi il était certain du fait qu'il avançait. Il souhaitait plutôt de le lui montrer. Aussi, tout en pressant le pas afin de traverser la plus grande place de Belgique, se dirigeant vers la grandissime et célèbre Basilique du Saint-Sang, aussi lui confia-t-il seulement :

— Tu vas comprendre dans un instant. Viens, suis-moi ! On doit rentrer dans la basilique. Mais, n'oublie pas, le prévint-il toutefois en employant un ton un peu narquois, dans un tel lieu, c'est comme dans un musée, il faut faire silence…

Alex haussa les épaules puis le suivit en pressant le pas, mais les yeux rivés sur cette basilique qui a traversé les âges et tellement fait rêver ou s'illusionner surtout de pauvres hères soumis à « des prêtres sans joie », ne put s'empêcher de penser cet athée convaincu en songeant à une poésie de Victor Hugo à ce sujet.

En dépit ou à cause des styles si différents et si divers qui se retrouvent accolés les uns avec les autres autour de cette place plus grande que la Grand-Place de Bruxelles et tout aussi mal pavée, la place du Burg, l'un des plus anciens centres urbains de Bruges, possède un attrait mêlé d'un charme assez difficile à décrire. Tandis qu'ils la traversaient par exemple, les deux amis chasseurs de trésors laissaient derrière eux un bâtiment baroque à la façade grise et dorée, l'ancienne seigneurie ecclésiastique de Saint-Donatien, et longeaient plusieurs restaurants aux façades à pignon couleur terre de Sienne et aux fenêtres rectangulaires. Mais, en face d'eux se dressait aussi, immense, gigantesque, écrasante même, et d'un gothique fleuri, une façade en pierres grises toute couverte de statues de la même teinte ainsi que d'écussons dorés au premier étage et dont les fenêtres sont rehaussées ou peintes en rouge écarlate ; soit un édifice communal, l'Hôtel de Ville qui, bien que remanié plusieurs fois après son érection en 1400 à peu près, présente un style qui correspond en tout point aux caractéristiques de l'art gothique de cette époque, à savoir l'utilisation de l'arc brisé, de voûtes sur croisées en ogives, d'arcs-boutants, de crochets de pierre le long du faîtage du toit et des cordons horizontaux, le tout rythmé par des tourelles en encorbellement. Enfin, caressant le regard et l'attirant immanquablement, juste à côté de ce flamboyant Hôtel, un autre édifice, plus petit, paraît luire au soleil… tel un phare. Effectivement, tout de blanc vêtu, de style renaissance pour sa part, c'est un édifice, dont toutes les fenêtres sont encadrées d'écarlate, qui exhibe un grand nombre de statues dorées qui, semblables à de jolies flammes, brillent à la lumière du jour.

Parce qu'il voyait bien la tête ébahie que faisait son ami devant cet édifice, Bob lui glissa :

— C'est l'ancien greffe civil. Qui est sans doute l'un des plus beaux édifices de cette si grande place, sinon de toute la Belgique !

Puis, à gauche du greffe, mais sur l'autre façade de la place, s'étale l'ancien Franc de Bruges ; typiquement classique quant à lui puisque construit au 17e. Bref, tout ce mélange – et en dépit de ce mélange même – tout ce mélange hétéroclite fait que cette place paraît à la fois belle bien que fort éclectique [32].

Ayant enfin atteint la porte d'entrée de la Basilique du Saint-Sang, Bob se tourna vers Alex – qui, tout entouré de tellement d'édifices majestueux, demeurait un peu béat d'admiration –, et lui demanda :

— On entre ?

Juste en face d'eux se tenait la petite chapelle de la Sainte-Croix, un bâtiment plus petit, à deux étages, de style à la fois gothique et renaissance, lui aussi, dont la façade expose plusieurs statuettes dorées et qui donne justement accès à l'église de Saint-Basile… construite au-dessus de la basilique elle-même. Un lieu dans lequel, au second étage, se trouve exposée, tenez-vous bien, la plus sainte relique du christianisme. Une relique qui, à l'instar de l'ancienne arche des juifs, lorsqu'elle est exposée, est déposée entre les mains de deux anges faits de cuivre doré et argenté, agenouillés sur un coffre d'or. Or, que cet ensemble fasse penser à l'arche d'alliance de l'Ancien

---

[32] Qui emprunte des éléments à plusieurs systèmes ou styles.

Testament est une chose qui fut exigée par ses commanditaires. Il fallait en effet que cette relique, déposée dans cette arche, soit signe d'une Nouvelle Alliance. Une alliance par le sang plutôt que selon les commandements uniquement qui, selon le judaïsme, étaient inscrits sur des tables de pierres se trouvant encloses dans la caisse elle-même et n'étaient jamais présentées aux fidèles ; seulement visible par le grand-prêtre. Or, cette relique-là – cette relique si sacrée qu'elle est bien la seule à avoir connu pareil destin –, n'est rien d'autre que le sang de Jésus lui-même, le Saint-Sang ; comme l'indique le nom de la Basilique par ailleurs. Et cette nouvelle arche du Saint-Sang est un objet très saint pour les catholiques, évidemment. Un réceptacle qui est présenté tous les vendredis aux fidèles et qui fait l'objet d'une procession annuelle reconnue par l'UNESCO comme faisant partie du patrimoine de l'humanité ; mais la relique est alors placée dans une chasse en or sertie de joyaux à ce moment-là.

Alex, tout en suivant son ami dès qu'il eut franchi la porte d'entrée de la chapelle Sainte-Croix – Alex qui n'aimait pas particulièrement entrer dans des églises –, fit une moue de mécontentement. Puis Bob se tourna vers lui et, d'une voix fort basse étant donné qu'il s'agit d'un édifice religieux, la face souriante et malicieuse, il l'interrogea de nouveau :

— Tu te souviens un peu de tes cours d'histoire par rapport aux croisades ?

Question à laquelle Alex, n'étant pas un grand ami de l'Histoire, haussa les épaules, leva les sourcils tandis que ses grosses lèvres s'affaissaient vers le sol, puis répondit seulement :

— Bof !

Ensuite, il ajouta une très brève synthèse de ses souvenirs à ce sujet :

— Mise à part la première et sa victoire sur Jérusalem, Godefroid de Bouillon ou Bohémont de Tarente ainsi qu'Hugues de Payns et les templiers, plus grand-chose, non !

— Dommage ! murmura Bob. Parce que, en ce qui concerne la basilique dans laquelle nous nous rendons, située juste en dessous de nous, c'est la seconde croisade qui importe. En effet, c'est durant celle-ci que le comte de Flandre de l'époque, Thierry d'Alsace, fit apporter cette relique à Bruges en ordonnant de remanier une ancienne chapelle romane afin qu'elle fût digne de la recevoir. Une chapelle romane qui existe toujours, au bas niveau de la basilique par ailleurs, et dans laquelle se trouve sans doute notre indice.

— Mais pourquoi diable avoir employé un pélican pour indiquer ce lieu ? intervint soudain Alex étonné.

Mais il avait parlé d'une voix si peu basse que trois ou quatre personnes se retournèrent dans sa direction en plaçant un doigt devant leur bouche afin de le rappeler à l'ordre. D'un geste du corps, une révérence, il les pria de l'excuser tout en attendant la réponse – parce qu'il se doutait qu'il aurait la réponse – de son ami si érudit.

— Car il s'agit du symbole même de cette basilique, répondit d'ailleurs Bob Comme tu peux le constater toi-même... si tu regardes ici.

Et, de l'index, il lui désigna l'un des vitraux. Un vitrail qui représente justement ce symbole-là parce que, effectivement, pour le catholicisme, il s'agit d'un symbole christique. Ce faisant, il lui expliqua :

— Le pélican est un animal qui, selon une légende antique, donna son sang à ses enfants pour leur permettre de vivre. Tu comprends maintenant la relation entre cet oiseau et le prétendu fils de Dieu ?

L'interpellé acquiesça du bonnet tandis que le Namurois se remit à lui chuchoter l'histoire, malheureuse, de la seconde croisade :

— Cette croisade fut un désastre en fait. Elle dura trois ans, de 1246 à 1249, et se solda par de cuisants échecs qui conduisirent le moine fou qui l'avait initiée, prônée et prêchée à des centaines de milliers de gens, Bernard de Clairvaux, de s'en dissocier complètement pour finir. En rejetant la faute de ce si cuisant échec qui engendra la perte de tous les états francs au Moyen-Orient sur les épaules des chevaliers et des nobles qui l'avaient menée. Ce en quoi il n'avait peut-être pas tout à fait tort. Tout d'abord, le fait qu'ils y avaient emmené leurs épouses ainsi que leurs dames de compagnie – une chose impensable durant la première croisade – avait créé une situation de débauche et de luxure dans tous les camps de soldats ainsi que de nombreuses bagarres pour obtenir les faveurs de ces demoiselles. Ensuite, une mésentente entre les troupes de l'Empire germanique, celles de France et

Alexis Comnène, le Basileus de Constantinople, n'avait rien amélioré. Enfin, cette fois-là, les croisés avaient surtout trouvé à qui parler. Car, depuis le temps qu'ils les supportaient, les musulmans avaient fini par ne plus les craindre tels des Djinns et par se trouver un brillant chef de guerre. Un chef de guerre suffisamment téméraire pour les rencontrer, les combattre et les vaincre à peu près à chaque rencontre, un certain Nur Ad Din qui serait bientôt remplacé par son célébrissime général, Saladin.

— Celui qui les foutrait définitivement dehors, non ?

— Exact ! le félicita le Namurois. En revanche, définitivement... quand tu vois ce qui se passe encore de nos jours dans ces pays, c'est peut-être un peu vite dit.

Et, tandis que les deux chasseurs de trésor descendaient le bel escalier en colimaçon qui conduit dans la basilique elle-même – l'ancienne chapelle romane aux murs nus située en dessous de l'église à tendance plutôt gothique et toute peinte qui plus est –, Bob lui expliqua alors le rapport entre cette croisade lamentable et leur propre affaire.

— C'est à la fin de cette croisade que fut ramenée cette relique du Saint-Sang, lui dit-il. On raconte que ce sont les templiers eux-mêmes qui l'auraient offerte au Roi de Jérusalem avant que l'un de ses successeurs la confiât au comte Thierry afin qu'il la fasse rapporter en Europe. Car, si Thierry d'Alsace n'était pas un templier lui-même, étant un sympathisant, il avait plus que favorisé cet ordre religieux et guerrier. Ce qui fait que cette relique fut surtout ramenée, à mon avis, comme un lot de consolation. Un trésor de la foi qui avait pour but de faire pardonner, par les peuples qui avaient payé toutes ces guerres, tous les échecs si coûteux de cette seconde croisade.

— Pour faire passer la pilule, en somme, lui glissa alors narquoisement, mais très judicieusement, Alex.

Enfin, Bob s'arrêta à hauteur d'une ancienne statue de Notre-Dame. Une statue dont on discernait que, autrefois, elle avait été toute dorée à la feuille. Une statue de la Vierge qui tient un sceptre dans sa main droite – donc la Vierge en majesté –, remarqua Alex qui comprit tout de suite que son ami avait vu juste...

Satisfait de lui, en contemplant ce point de repère qui avait si bien résisté aux avanies du temps, Bob le questionna :

— As-tu déjà entendu nommer Bruges, la Venise du Nord ou l'Athènes des Pays-Bas ?

Ce à quoi, en guise de réponse, le Français eut seulement un geste affirmatif de la tête.

— Eh bien, à cette époque-là, ce n'est pas sous ce pseudonyme que les templiers la désignaient ! lui apprit Bob. Ils la nommaient en employant celui, plus glorieux à leurs yeux, de Nouvelle Jérusalem... européenne !

— Oh, oh ! fit le Français en élevant un peu la voix. Tout un programme, ça ! Et, donc, cette statue-ci serait le premier indice d'après toi ?

Ce que le Namurois, en s'accompagnant d'un signe de la tête à son tour, confirma.

— Oui ! Je le crois, en effet. Il s'agit d'une statue qui date de 1300 environ et qui, bien que celle-ci fût placée plus tard dans cette basilique, servit probablement de modèle de remplacement à une autre qui devait déjà s'y trouver à l'époque du moine franciscain. Un moine qui, selon la lettre de Jeanne de Namur, provenait de la petite cité de Damme, ne l'oublions pas, soit une cité qui est située pas bien loin de Bruges et lui est rattachée directement à cause du port qui s'y dressait dans le Zwin lui-même. Ce même port qui fit la fortune de Bruges. Aussi n'est-il pas impossible que, grâce à ses seuls souvenirs, ce franciscain ait établi une espèce de carte ou de rébus plutôt...

Une suggestion qui fit un peu bondir Alex.

— De rébus ? Que veux-tu dire ?

Question à laquelle Bob, en plaçant néanmoins un doigt devant ses lèvres pour lui faire comprendre de se retenir un peu, lui rappela tout d'abord ceci :

— Eh bien, souviens-toi du début de la seconde lettre ! Trouves-y le secret sur lequel veillent le Pélican et la Rose, dans chacune de leur main de justice, l'un se trouve où demeure la Sainte Arche de la Nouvelle Jérusalem. Or, si le premier point de repère sur lequel veille le Pélican est cette statue qui tient dans sa main de justice, la main droite en Europe, un sceptre, il y a fort à parier que nous allons devoir découvrir un autre endroit de Bruges, un endroit que le moine désigne comme étant « la Rose », dans lequel se trouvait jadis une autre statue de Notre-Dame, mais tenant peut-être autre chose dans sa main droite...

— Puis d'autres points de repères du même genre qui formeraient en effet une carte ou un message dissimulé sous la forme d'une espèce de rébus. C.Q.F.D. donc ! se réjouit alors fort joyeusement le Français.

Si joyeusement qu'il avait employé une voix presque tonitruante. Un éclat de voix qui le fit rougir tout de suite après, dès que dix personnes au moins se fussent retournées en lui intimant des yeux, exorbités et l'air sévère, de se taire en ce lieu sacré. Ce qu'il fit immédiatement, bien sûr, mais plus par respect des hommes que celui du divin Père... ou de la divine Mère.

Avant de se rendre jusqu'au lieu où se trouvait peut-être, selon Bob, le second indice, la seconde rose sise dans une Rose, les deux amis firent une petite halte dans l'un des nombreux cafés-restaurants de la place du Burg. Un café-restaurant dans lequel ils eurent tout le loisir de goûter une triple ainsi qu'une Comtesse [33]. Ce faisant, ils se remirent à converser et Bob ne put s'empêcher de présenter la suite de leur périple comme un jeu d'énigmes.

— Le second indice se trouve dans un immense lieu en briques de couleur terre de Sienne aujourd'hui, mais jaunes autrefois, commença-t-il.

Évidemment, à Bruges, avec si peu d'éléments, une telle description, si vague, pouvait correspondre à tout plein d'endroits. Aussi Alex se contenta-t-il d'attendre la suite en sirotant sa Comtesse avec délice.

---

[33] C'est-à-dire deux bières spéciales : la triple Bruges et la Comtesse des Flandres.

— Il s'agit d'un édifice dont la tour de brique est l'une des plus hautes de Belgique…

— Cela pourrait être deux choses dans cette ville, le coupa alors son ami. Le Beffroi ou l'église Notre-Dame. Or, vu que l'on recherche une Rose au sens chrétien, il ne peut s'agir que de l'église… j'ai bon ?

— Mon lieutenant, vous aurez 10 sur 10 ! s'exclama Bob joyeusement. En effet, le second indice se trouve là-bas, je suppose. Par contre, il n'est plus celui laissé par le moine…

Surprise d'Alex.

— Non, depuis lors, celui-ci a été dérobé en fait. Mais, heureusement, d'après ce que j'en sais, la statue de la Vierge qui y a été volée jadis a été remplacée, à l'identique, par une autre, très célèbre celle-là, vu qu'il s'agit de l'une des plus belles œuvres du grand Michel-Ange lui-même. Un chef-d'œuvre qui a remplacé la statue romane en 1506 puisqu'elle avait déjà disparu à cette époque [34].

Puis, tout en prenant plaisir à circuler de nouveau dans les rues et ruelles, pas toujours fort espacées, de cette cité au cachet si curieux, ils s'y rendirent d'un pas tranquille. Et, là, dans cette église si admirable, ils contemplèrent ce chef-d'œuvre incontesté du grand sculpteur italien puis en conclurent deux choses. Primo que, étant donné qu'elle tenait un livre cette Vierge-là, c'est que le moine avait souhaité d'attirer l'attention sur un livre en particulier

---

[34] Ce fait est une invention de ma part, mais demeure possible cependant vu que beaucoup de trésors ont été dérobés dans cette église tout au long des siècles.

justement… mais lequel ? S'agissait-il du livre d'Heures qui avait été volé ou d'un autre… un autre qui fut plus pérenne ?

Waterloo, Waterloo… morne plaine !

Dès qu'ils furent installés à la terrasse du café-restaurant *Le pavé*, un restaurant situé juste en face de la Place du jeu de balle, Georges Deumortier et Erker Strauss commandèrent, le premier, un thé au jasmin, le second, un café noir. Georges Deumortier, en dépit de ses 68 ans et de son embonpoint plus que marqué, était un homme toujours aussi énergique et alerte que par le passé, constata son ancien élève et collègue, Erker, qui ne l'avait plus rencontré en tête-à-tête depuis presque deux ans. Mais il remarqua cependant que le temps commençait de le grignoter morceau par morceau tout de même. Sa calvitie s'étendait par exemple en formant à présent un océan de peau fripée de plus en plus vaste. Un océan de peau nue qui ne lui laissait que quelques maigres îlots gris-blanc pousser tant bien que mal presque tout autour de son crâne. Ses mains, fines et élégantes autrefois, s'étaient boursouflées et présentaient plein de petites taches brunâtres en guise de signe de la vieillesse et du temps qui, quoi que nous fassions, depuis que le monde est monde, finit toujours par gagner la bataille. En outre, Erker le vit tout de suite aussi, cet ancien professeur de droit et ancien collaborateur de la C.I.A., au temps de la guerre froide – il avait travaillé 20 ans aux U.S.A. dans le monde du cinéma en tant que producteur, mais surtout pour y déceler puis dénoncer les

« cocos » avant de s'en aller enseigner en Allemagne et d'enfin prendre sa retraite en Belgique, pays de sa naissance –, cet ancien professeur paraissait bien plus voûté qu'autrefois. Toutefois, constata encore Erker, bien qu'il fût en grande partie caché par sa barbe, le visage de Georges Deumortier demeurait toujours aussi poupin et souriant que celui d'un bébé et sa voix cristalline était demeurée elle aussi intacte.

Au même moment où une aguichante petite brune en jupette noire et en bas collants de nylon de la même couleur déposait leur commande en leur souriant fraîchement, Georges demanda :

— Et tu as déjà une petite idée de ce que tu dois faire maintenant ?

Sûr de lui, sans trop faire attention à la jeune fille qui minaudait en les servant, son ancien premier de classe répondit :

— Oui, tout à fait.

Cela pendant que son ancien professeur de droit n'avait d'yeux que pour cette jeune fille aux charmes évidents et fort bien mis en valeur. Mais d'une façon qui déplaisait à Erker, marié et père de famille pour sa part, tellement cette petite beauté brune en rajoutait à son avis. Aussi, pendant que Georges souriait toujours béatement en regardant la serveuse en train de gambiller jusqu'au bar non sans rêver à la jeunesse qui s'enfuit si rapidement, Erker continua-t-il de lui expliquer son plan :

— En premier lieu, je dois filer à la voiture contacter mes trois collègues, déclara-t-il. Car je dois leur demander des nouvelles de Floriane. Ensuite, vu que la police belge a repris le livre d'Heures, je devrai contacter le ministère français du Patrimoine pour le leur signaler afin que l'un des employés prenne contact avec les Belges et puisse récupérer ce petit trésor puis le rendre à l'archéologue qui doit être bien marri d'avoir constaté sa disparition et qui sera fort heureux de voir lever les soupçons qui pèsent certainement sur lui. Quant aux autres protagonistes de ce vol, Jonas Prestemain et Jérôme Lacraille, le premier est mort ce matin à l'hôpital, ai-je entendu dire dans le commissariat, tandis que l'autre, au vu de mon témoignage, devra répondre de recel et de trafic international d'objets d'art. Or, si ce que tu m'as révélé tout à l'heure à son propos est exact, bien que surprenant, la police avait déjà un œil sur lui et n'attendait qu'une occasion pour aller fourrer son nez dans ses affaires. Eh bien voilà qui est chose faite ! Et cela ne m'étonnerait qu'à moitié qu'ils n'y trouvassent pas de quoi le ramener en cabane pour un bon bout de temps. Mais je ne devrais peut-être pas me réjouir, car, avec lui, sort du jeu ma dernière piste pour remonter jusqu'à la source du réseau Hermès. Pour autant qu'il en fasse partie, bien sûr. Ce qui est possible, certes, mais pas des plus certains vu son lourd passé et les gens avec qui il traite comme cet énergumène qui est mort à présent.

Erker avait lâché cela d'une traite, tout en tendant ses bras et son cou plusieurs fois afin de les relaxer, car il venait de passer presque 24 heures en cellule dans le commissariat de la rue de l'Hectolitre ; chose curieuse puisque la Place du Grand Sablon dépend de celui situé rue du Midi, mais qui s'explique par le fait que ce dernier était plein à craquer à la suite de nombreuses arrestations liées à une manifestation qui avait mal tourné le jour précédent. Ce qui avait eu pour résultat que l'agent Maniquet n'était pas parvenu à obtenir l'aide des collègues du commissariat dont il dépendait, mais plutôt de ceux de la rue de l'Hectolitre. Vingt-quatre heures passées à répéter les mêmes explications quant à sa présence dans la boutique de Jérôme Lacraille tout d'abord, puis son geste – une agression à main armée tout de même – ; à témoigner de son rôle dans cette affaire en omettant de trop en dire quant au fait, qu'avec ses collègues, ils avaient tendu un piège à un voleur professionnel ; puis, finalement, à tenter de contacter son ancien professeur Georges Deumortier et à attendre que celui-ci fît jouer ses relations afin de le sortir de là rapidement. Erker savait en effet pouvoir compter sur cet homme plus vieux que lui, mais devenu son ami au fil des années. D'ailleurs, dès qu'ils furent sortis du commissariat et que ce dernier l'eut presque forcé de s'asseoir pour prendre une boisson chaude, il le lui avait de nouveau confirmé.

— Si tu as besoin d'aide, garçon, lui avait-il proclamé sincèrement, tu pourras toujours compter sur moi ! Et s'il faut faire quelque chose maintenant pour ta collègue, je suis ton homme !

Or, c'était le cas. Aussi, dès qu'ils eurent avalé leur boisson, Erker lui demanda-t-il de le conduire jusque sa voiture en l'accompagnant à pied puisque, prendre un taxi, vu la densité de la circulation, leur prendrait plus de temps pour la rejoindre. Puis, là, d'attendre qu'il ait eu des nouvelles de Floriane afin de savoir quoi faire. Ainsi, délaissant cette assez longue place rectangulaire de style néoclassique cernée de platane, cette place qui rappelle l'importance qu'avait jadis le jeu de balle pelote – un jeu de paume typique de Wallonie –, en moins d'un quart d'heure, les deux hommes rejoignirent-ils le véhicule du détective en remontant la longue rue Blaes, parallèle à la rue Haute plus connue encore. Bien entendu, Georges Deumortier, qui provenait justement du quartier des Marolles dans lequel ils circulaient presque au pas de course, aurait très bien pu narrer à son protégé toutes les horreurs qui s'y étaient commises au long des siècles – que son nom provient de sœurs catholiques qui s'occupaient alors des nombreuses prostituées qui, au 13e, grouillaient dans ce quartier pauvre situé hors de la première muraille d'enceinte de la ville, soit les *mariam colentes* (celles qui honorent Marie), ou bien lui narrer l'histoire du massacre qu'y perpétrèrent les patriciens au 14e siècle, dès qu'ils avaient eu vent d'un complot fomenté par ses habitants, des tisserands et des foulons auxquels s'étaient associés les bouchers de la cité, voire lui décrire le grand incendie qui avait ruiné la ville au début du 15e en y réduisant en cendre plus de 2400 maisons et 1400 ateliers de tissage –, mais il se contenta d'ahaner en essayant de suivre le rythme rapide que son ancien élève, sur les nerfs, avait adopté. De toute façon, il voyait bien qu'Erker n'avait pas du tout la tête à écouter un tel blabla pour touriste en mal de rêves ou de cauchemars, en mal de frissons donc… il avait déjà sa dose !

Marchant d'un bon pas tous les deux, dans les cinq minutes qui suivirent l'instant où ils atteignirent le véhicule du détective – Georges essoufflé déjà –, ils savaient exactement ce qu'il leur faudrait faire, à savoir se séparer pour suivre chacun une piste différente. Parce qu'Oleg Bousdarov leur avait appris qu'il suivait à la trace Floriane depuis qu'il avait compris que cette dernière avait certainement été enlevée et endormie chimiquement.

— Tout d'abord, elle est restée de longues heures immobiles pas loin de l'ambassade de Mongolie, avait affirmé Oleg. Mais, au bout de trois heures environ, elle a été déplacée. Elle était probablement évanouie parce qu'aucun de ses capteurs émotionnels ne fonctionnait, avait-il ajouté. En tout cas, leurs variations ou leurs fréquences étaient devenues imperceptibles. De là, elle a été conduite jusque Lasne, un village de la province du Brabant-Wallon, avait-il ensuite précisé tout de suite à Erker puisqu'il se doutait bien que celui-ci ne connaissait pas grand-chose à la géographie de ce micro pays dans lequel il se trouvait aujourd'hui.

Dès qu'il eut entendu cette information-là, Georges Deumortier se fit soudain songeur. Il se gratta la barbe, qu'il avait drue, mais toute grise, puis bomba le ventre, qu'il avait pour le moins proéminent, et se mit les deux mains sur la panse en apprenant d'un ton débonnaire à son ancien élève :

— Eh bien, ils ne s'ennuient pas les... les Mongols ! C'est l'une des communes les plus riches et huppées du Royaume et, soit dit en passant, le lieu de villégiature du célèbre dessinateur Edgar P. Jacobs, père du non moins célèbre duo Blake et Mortimer.

Depuis son enfance Georges était collectionneur de bandes dessinées, mais pas du tout Erker. Aussi celui-ci, qui n'y connaissait rien ou presque dans ce domaine –

hormis la valeur de certaines –, ne parut-il accorder aucune importance à ce détail ni au ton presque enfantin qu'avait adopté son aîné pour déclarer cela. Ce qui fait que Georges Deumortier crut utile d'ajouter une information bien plus universelle ou presque :

— C'est aussi l'endroit précis de la plus célèbre défaite française, celle de Napoléon à Waterloo, car c'est là que se trouve le véritable champ de bataille de cette affreuse boucherie.

Mais l'Allemand l'écoutait toujours d'une oreille fort distraite parce qu'Oleg avait ajouté un détail qui faisait tourner à plein régime ses cellules grises depuis lors. Ce qui fait que d'apprendre que Lasne est le lieu de la pire des batailles napoléonienne le laissa de glace. Oleg, juste avant de couper la communication à cause de l'intrusion et des cris d'effroi de la petite autiste, Alya Watts, – terrorisée comme d'habitude de le rencontrer alors que se devait être **Liliane Hertz** qui se trouvait au bureau ce jour-là –, Oleg avait effectivement signalé que les signaux émotionnels de Boulette s'étaient rallumés un court instant avant de s'éteindre de nouveau dix minutes plus tard. Ce qui laissait soit présager du pire soit signifiait plutôt qu'elle avait de nouveau été endormie et était donc toujours en vie au moins pour le moment. Enfin, tout de suite après, son traceur avait signalé qu'elle était de nouveau déplacée. Juste avant qu'Alya ne rentre dans la pièce et ne hurle en le voyant, il avait encore eu le temps de lui apprendre ceci :

— Le véhicule dans lequel elle se trouve est à hauteur de Hal, pas très loin de Bruxelles, sur l'autoroute E19 qui permet de contourner la capitale.

Enfin, l'informaticien lui avait aussi envoyé les coordonnées précises de l'endroit où circulait le véhicule en question. Or, Erker le savait, dès qu'il serait à 2 km de portée de Flo, son portable muni de la bonne application – et pour autant que sa collègue ne fût pas enfermée dans un endroit couvert de plomb, d'une chape de béton armé ou baignée dans un champ magnétique –, son portable lui permettrait de capter le signal de celle-ci. Puis, en appuyant sur le champignon ou en contactant la police belge, il pourrait rattraper ses ravisseurs et sauver son amie, soit les faire arrêter, il hésitait encore. Aussi cette dernière information avait-elle eu pour résultat que, depuis lors, son cerveau logique tout germanique fourmillait-il de plein de plans possibles. Pourtant, un seul demeurait le meilleur selon lui. De ce ton un peu froid, mais décidé que lui connaissait son ancien professeur dès qu'il avait arrêté son choix sur une manière d'agir, il lâcha donc à Georges :

— Nous allons devoir nous séparer.

Ensuite, en plissant le front et les sourcils étant donné que cela l'ennuyait terriblement de demander un tel service – possiblement dangereux – à un homme de son âge... qui n'avait de plus rien à voir avec sa société, il ajouta :

— Si tu es d'accord, tu pourrais te rendre à Lasne pendant que je vais chercher Boule... euh, Floriane.

Ce à quoi Georges lui répondit d'un geste affirmatif de la tête. Ayant été toute sa vie un homme d'action plutôt que de mots reprendre du service actif n'était pas pour lui déplaire, que du contraire ! Il sourit d'ailleurs de tout son visage en même temps qu'il faisait balancer sa tête de haut en bas.

— Oleg va te communiquer les coordonnées G.P.S. précises de l'endroit où s'est garé le véhicule dans lequel elle a été transportée jusque-là puis sans doute changée de véhicule. Qui sait, peut-être en apprendrons-nous plus sur un tout autre groupe qu'Hermès en faisant cela ; un groupe plus international encore, voire de l'espionnage ?

Or, en entendant cette idée-là, les petits yeux aux iris gris-bleu de Georges brillèrent alors soudain de satisfaction…

« Ça, c'est tout à fait dans mes cordes ! » songea-t-il en repensant à sa jeunesse américaine anti-cocos.

Puis, tandis qu'Erker continuait de lui exposer son plan, l'ancien agent de la C.I.A. fourra sa main dans la poche de son long manteau noir en paraissant y chercher quelque chose.

— Tiens ! fit le vieux Marollien en lui tendant l'objet de métal un peu lourd qu'il venait de sortir de son manteau.

— Euh, hésita son ancien élève en constatant que Georges lui tendait un révolver. Tu es sûr que ce soit une bonne idée de se balader avec une arme à feu, sans permis, en Belgique ?

Mais il l'accepta cependant, car il se doutait qu'il en aurait peut-être besoin. C'était une vieille arme, certes, et un peu lourde, presque 1 kg chargée, un vieux Glock 17 de 1980, soit cette arme semi-automatique noire que l'on voit depuis lors dans les mains d'un peu tous les gendarmes et policiers de séries et de films, mais une arme toujours aussi impeccablement nettoyée, remarqua l'Allemand en la fourrant dans sa veste. Une arme prête à cracher ses six balles de 9 mm en cas de nécessité donc.

Dès qu'il fut au volant de sa voiture, bien qu'elle fût modeste et pas des plus rapides, c'est à fond de train qu'il atteignit un point situé un peu plus loin que les coordonnées que lui avait envoyé Oleg ; à l'entrée de l'autoroute située peu après le parc des Étangs du quartier des Trèfles de la riche commune d'Anderlecht. De là, il continua sur le ring jusqu'à ce que, par chance, peu avant une sortie d'autoroute, celle qui se trouve à gauche de la commune de Berchem-Sainte-Agathe, au nord-ouest de la capitale, et qui mène à l'autoroute E40 en direction de Gand, un cri de joie fusa de sa poitrine.

— *Groß ! Ach zo, perfekt* [35] ! beugla-t-il fort réjoui.

Car il venait d'enfin capter le signal de son amie Boulette. La camionnette dans laquelle elle se trouvait évanouie n'était plus qu'à un kilomètre environ de lui et se dirigeait tout droit vers Gand. Accélérant un peu afin de se rapprocher, Erker rejoignit alors l'arrière du véhicule dans lequel elle se trouvait certainement ; une camionnette Volkswagen qui datait de Mathusalem ou, pour le moins, du temps des hippies à la sauce Timothy Leary [36]. Ils se trouvaient maintenant à quelques kilomètres d'Alost, mais la camionnette semblait ne pas vouloir s'y rendre et roulerait plutôt jusque Bruges ou Gand sans doute, pensa le

---

[35] Super ! Je vois, parfait !
[36] Un psychologue américain connu pour avoir circulé à travers tous les U.S.A. dans les années 70, dans une camionnette décorée de fleurs et bigarrée, en distribuant à qui en voulait du L.S.D., soit une puissante drogue psychédélique

détective au même instant où Georges, de son côté, au volant de sa B.M.W., atteignait déjà la commune de Lasne.

« Dois-je contacter la police ? » s'interrogeait toujours Erker sans parvenir à se décider.

Une soirée de rencontres...

— Bon, je reprends, dit Bob. Lorsque tu auras découvert ce que signifie Bruges de Flandre grâce à la pierre tombale du chevalier Ystasse de Seron gardé par la statue de la Vierge en or qu'offrit Messire Guy de Dampierre à Messire son fils Jean le prince-évêque de Liège – sise aux limites du Marquisat en signe de réconciliation et de paix –, trouves-y le secret sur lequel veillent la statue de la Vierge de la Basilique du Saint-Sang et de l'église Notre-Dame ; dans chacune de leur main droite. L'un se trouve où demeure la Sainte Arche de la Nouvelle Jérusalem, c'est-à-dire le présentoir du Saint-Sang, précisa alors Bob à son ami Alex en train de siffler sa troisième chope de spéciale triple Bruges...

Bob relisait en fait, à voix haute, la seconde lettre du moine, mais il le faisait en remplaçant ses métaphores-indices par les réalités factuelles qu'ils avaient découvertes tout au long d'une journée qui avait été à la fois éreintante, à cause de leur longue marche, mais aussi instructive qu'excitante étant donné que, jusqu'à présent, aucun de ces points de repère choisis par le confesseur de la comtesse Jeanne de Namur n'avait fait défaut. Puis Bob s'était senti obligé de faire profiter son ami de l'amplitude de son savoir à propos de son pays et n'avait pas tari ni d'éloges ni de critiques à propos de l'histoire de cette cité. Cette cité qui, depuis des éons, paraît s'amarrer corps et âme à sa pauvre terre en dépit des tempêtes et des vents contraires, toujours aussi fière que charmante et sensuelle en dépit de ces susdits éons, qui plus est. Au fur et à mesure de leurs découvertes, la seconde lettre qui avait été extirpée de la couverture du livre d'Heures volé deux jours à peine plus tôt, la lettre du frère mineur qui avait eu la charge de dissimuler le trésor de la dernière comtesse de Namur, prenait donc de plus en plus de sens pour eux. Aussi le Namurois commençait-il lui aussi de se laisser gagner, peu à peu, par cette fièvre un peu juvénile qu'il avait reprochée à Alex au tout début de leur périple. Allaient-ils réellement retrouver ce trésor qu'avait fait cacher Jeanne afin de le protéger de l'avidité et de la stupidité sans bornes du tout dernier comte de Namur ? Cela devenait de plus en plus possible en fait ! Il s'en rendait compte et cela le réjouissait et l'excitait de plus en plus. D'autant plus que, à ses yeux de Namurois, ce trésor-là, justement, était sinon espéré au moins souhaitable puisque, dans cette chasse en or, se trouvait peut-être encore la preuve de la participation des Namurois à cette bataille : à savoir quelques éperons d'or de la bataille de Courtrai. Or, en trouver fût-ce un seul exemplaire mettrait fin à bien des rumeurs d'historiens quant à la lâcheté ou à la lenteur proverbiale de ses concitoyens ; ce qui, bien qu'il ne soit pas chauvin pour un sou, commençait tout doucement de lui remuer un peu les tripes tout de même. Par contre, si son ami Alex avait pour habitude, dans ces cas-là, soit d'ouvrir les vannes de son penchant émotionnel – c'est-à-dire de déblatérer comme un gosse en déversant sa joie ou ses peines presque sans frein –, soit de se mettre à siffler calva sur calva, Bob, pour sa part, se plongeait à la place dans les méandres un peu froids, et parfois glaciaux même, de la raison pure ; de la logique donc. Ce qui explique pourquoi, dès qu'ils eurent terminé leur repas pris dans l'un des nombreux restaurants de la Langestraat, à l'est du centre-ville, pas bien loin du Brocante café ou il avait souhaité tout d'abord conduire son ami français, mais qui était fermé ce jour-là, Bob s'était senti obligé de faire le point de cette habile manière : en reprenant tout depuis le début et en remplaçant chaque symbole de la lettre de Norbert de Damme par ce qu'il signifiait dans la réalité.

— L'autre qui trône en instruisant le monde près de l'autel de la sapience, continua Bob en souriant de la soif subite du Corso-Normand. Bref, qui trône près de l'autel de la Vierge à qui est attribuée la sagesse, précisa-t-il avant de continuer. Car ces trônes de sagesse, là, te guideront alors dans ta lecture du livre excellent...

— Le livre... c'est peut-être toujours un sacré problème, ça, non ? l'interrompit Alex qui en avait malheureusement la fâcheuse habitude. À moins qu'il s'agisse d'un autre bouquin ?

Ce à quoi Bob répondit par un hochement de la tête. Effectivement, tout comme son ami, il était de moins en moins persuadé que le livre d'Heures de la comtesse Jeanne de Namur, un objet relativement fragile, eût pu servir pour la suite de leur aventure. Et, d'ailleurs, à ce moment-là, rien dans la lettre ou dans ce qu'ils avaient découvert ne le stipulait véritablement. Toutefois, il faut aussi avouer que, s'ils avaient bel et bien trouvé tous les points de repère choisis par le moine au 14e siècle, ils ne savaient pas encore comment les lire, les comprendre ou les employer. Un peu comme quelqu'un qui découvre le sens d'un message crypté, mais qui ne sait pas l'employer parce que ce message crypté est aussi un message codé. Un message dont il faut alors posséder la clé de décryptage en même temps que la clé de décodage.

Quoi qu'il en soit, sans rien répondre d'autre à ce propos, Bob leva alors son verre en direction de son ami pour trinquer puis reprit seulement son laïus :

— Associe ensuite la Vierge de Saint-Jacques-de-Compostelle – le bourdon est un bâton de marche qui, avec la coquille, est l'un des emblèmes des pèlerins de Compostelle – avec celle du béguinage – la vigne étant l'un des attributs de Sainte-Élisabeth. Or, le béguinage de Bruges est appelé De Wijngaard en néerlandais, c'est-à-dire l'enclos de la vigne –, puis l'Hôpital Saint-Jean – l'aigle –, et prends un temps de réflexion. Ce qui signifie que, de là, on commencera sans doute à mettre à jour un nouvel indice. Enfin, marche de nouveau de l'église Notre-Dame jusqu'au Beffroi, cette tour qui était bien plus petite au temps du moine, mais qui existait déjà. Ainsi, après avoir compris le chemin de ces saints protecteurs, dans LE livre, cherche et trouve le point d'ancrage. Voilà ! conclut Bob en s'affalant soudain sur sa chaise. On en est là. À six lignes seulement de la fin... mais sans savoir encore aucunement ce que nous devons faire de ces éléments que nous venons de glaner tout au long de cette journée rudement fatigante pour mes vieux os, plaisanta-t-il finalement en demandant l'addition.

Ensuite, dès qu'ils furent sortis du café-restaurant, l'un et l'autre eurent envie, curieuse idée vu qu'ils venaient de le faire toute la journée, d'encore se balader. Le waterzoi [37] avait été copieux et bien arrosé, aussi pensaient-ils qu'une promenade nocturne pourrait leur faire du bien avant d'aller à la recherche d'un hôtel et d'y prendre un repos bien mérité. Le Namurois avait dans la tête l'idée de conduire son ami vers un lieu fort peu connu de Bruges. L'une des rares églises privées qui s'y trouvent, celle de Jérusalem...

— Elle date du 15e, lui signala-t-il en prenant la tête de leur promenade, mais elle n'appartient pas à l'Église Catholique par contre, elle appartient à une A.S.B.L., le surprit-il.

Car Alex ne savait pas du tout que des bâtiments religieux catholiques, qui ne sont pas désacralisés, peuvent ne pas appartenir à l'Église catholique elle-même ; ce que très peu de gens savent d'ailleurs.

— Puis, tiens-toi bien ! ajouta-t-il lui-même épaté par ce qu'il allait révéler à Alexandre, l'Association qui s'en occupe est toujours tenue par un descendant du fondateur de celle-ci, Anselm Adornes ; lui-même descendant d'un Génois venu chercher fortune et la trouver à Bruges au 13e siècle.

Aussi, dès qu'ils eurent quitté les lieux repus et plus du tout assoiffés – trois triples, c'est limite si l'on n'est pas

---

[37] Plat typique de Flandre.

habitué –, s'étaient-ils dirigés le long de la Kersenbooms-traat, une venelle aux façades plus du tout jolies ni attirantes, qui les avait conduits jusque la Verbrand Nieuwlaan, une ruelle dont les maisons sont déjà un peu plus agréables à regarder. Ensuite, marchant encore pendant une trentaine de mètres, ils avaient bifurqué à gauche en empruntant la Timmermanstraat. Or, dans cette rue pas très jolie, un évènement apparemment anodin les avait empêchés de continuer de déambuler et obligés surtout à faire appel à tout leur courage. Car, effectivement, dès qu'ils s'y étaient engagés, à la gauche de cette ruelle aux maisons blanches ou de couleur brique, à l'architecture pas fort moyenâgeuse, cette ruelle en général fort paisible, ils avaient vu trois hommes occupés à sortir ce qui, visiblement, était une bière, mais pas une qui se boit... un cercueil !

« Curieux cela ! » se dirent-ils en même temps.

Car, les trois gaillards fort musclés qui portaient ce cercueil – plutôt difficilement –, ne le sortaient pas d'un corbillard en effet, mais d'une antédiluvienne camionnette Volkswagen. En outre, tandis que la rue était des plus tranquilles, eux-mêmes se trouvant toujours dans la Timmermanstraat, mais à quinze mètres du cul-de-sac au fond duquel une potale à la Vierge, souriante, étend ses bras en guise de bienvenue et dans laquelle les trois hommes portaient cette bière, ils eurent la très nette impression d'entendre une personne frapper de l'intérieur. Ensuite, tout se déroula très vite. Afin d'en avoir le cœur net, Alex s'élança vers ces trois hommes qui ne les avaient pas encore aperçus. Il les héla tandis que Bob, par prudence et ruse, le rejoignait en se tenant tout de même à quelques pas en arrière.

— Eh, vous là-bas ! cria le Français en espérant que les trois hommes le comprennent vu qu'il venait de parler français en terre de Flandre.

Tressaillant de surprise, les trois hommes se retournèrent alors vers ces deux indésirables intrus. Diable ! songèrent-ils. Ce n'est vraiment pas le jour ! Parce que, en effet, depuis ce matin, ils n'avaient eu que des ennuis. Ils travaillaient tous les trois, depuis plusieurs années, dans une société privée de « nettoyage » de cadavres ou de « subtilisation » et transport de victimes de rapts ; la plupart du temps, des personnes enlevées contre une rançon qu'ils se contentaient de conduire là où leur ou leurs employeurs le souhaitaient. Or, ce matin, ils avaient reçu une affaire de la part d'une cliente qui les employait suffisamment souvent pour tout faire afin de ne pas la décevoir. Mais leur corbillard, soit le véhicule qu'ils employaient afin de déplacer des corps en toute discrétion partout en Europe – qui oserait ouvrir un cercueil parmi les agents des douanes ou de la police –, étant en panne depuis le jour précédent et sans espoir de le remettre en état en si peu de temps, ils avaient donc été obligé de se tourner vers une autre possibilité, une vieille camionnette toute pourrie maquillée en véhicule de menuisier… transportant un cercueil récemment réalisé. Secundo, dès qu'ils avaient atteint le point de rendez-vous, à Lasne, ils avaient été forcés d'attendre une grosse heure environ qu'arrivassent leur cliente… et son chargement. Cela avec tous les dangers qu'une telle attente pouvait entraîner dans un tel quartier. Tertio, outre le fait que le colis qu'ils devaient transporter n'était pas un cadavre, mais une femme inconsciente qui se réveillait de surcroît, leur cliente lui injecta sous leurs yeux un narcotique ; soit une chose fort peu professionnelle, avaient-ils pensé, puis dangereuse pour eux peut-être par la suite puisqu'ils pourraient être considérés par cette Asiatique comme de gênants témoins. Enfin, la femme qu'ils devaient transporter était si grosse qu'elle rentra difficilement dans la bière ; tellement qu'ils durent appuyer sur elle pour l'y placer complètement. Puis maintenant ceci. Bref, toute cette affaire avait fort mal commencé pour eux et ce qui leur arrivait à présent – deux inconnus qui interviennent sans qu'on leur ait demandé quoi que ce soit – était la goutte qui faisait déborder le vase.

Sans avoir rien à se dire, ils déposèrent le cercueil dans lequel Floriane se réveillait peu à peu et tapait en effet, de toute la maigre force de ses petits poings serrés contre la paroi de sapin, puis se retournèrent vers les deux emmerdeurs et se contentèrent tout d'abord, l'air furieux d'être dérangé, de grogner un peu en serrant les poings. Cela afin, si possible, de les éloigner sans avoir à les fracasser en deux par la suite. Car, ce soir-là, après la journée de m... qu'ils avaient connue, ils étaient prêts à bouffer n'importe qui. Dans un français teinté d'un fort accent américain, l'un d'entre eux répliqua donc méchamment à Alex qui attendait à 5 ou 6 m de lui maintenant :

— Fucking tourists ! Go away ! Let honest people work, sons of bitch [38] !

Mais, constatant que son invective n'avait pas eu le résultat escompté, à savoir faire tourner les talons à ces deux touristes trop curieux, il s'approcha de deux pas du Français prêt à en découdre au besoin, suivi de ses deux collègues pas beaucoup moins balaises que lui. Mais Alex se tenait sur ses gardes. Il avait bien remarqué que ces trois-là ne possédaient en rien cette chaude valeur humaine qui attire et force la sympathie. Leurs visages, rudes et fermés, leurs yeux fuyants et leurs mains de boxeurs surtout disaient même tout le contraire.

« Ils semblent porter des masques, songea soudain Bob qui se préparait à la bagarre. Des masques derrière lesquels, certainement, ils camouflent en général leurs pensées bonnes ou mauvaises. »

Étrange moment pour philosopher, mais, *à son instar* [39], son ami Alex – qui, depuis quelques mois, était en pleine remise en question et se tournait de plus en plus vers la philosophie de Gautama [40] –, se disait pour sa part que, parfois, l'apparence est trompeuse et qu'ils s'étaient donc, peut-être, complètement fourvoyés, lui et Bob, en ayant réellement dérangé des ouvriers en plein boulot. Or, s'il songeait à cela, c'est en raison du fait que, en plus de cette remise en question dont je viens de toucher un mot,

---

[38] Enc. de touristes ! Allez-vous-en ! Laissez travailler les honnêtes gens, fils de p…
[39] Tout comme lui.
[40] Le bouddha, donc. Cependant, la philosophie de Bouddha n'a rien d'une religion à l'origine du genre de celle des moines tibétains, ce n'est qu'une morale de vie.

actuellement seule l'âme des hommes comptait à ses yeux. Leur visage n'était donc devenu pour lui qu'un décor sans valeur. Mais peut-être que la triple Bruges y était aussi pour quelque chose… l'aveuglant à l'évidence d'un réel danger. Ce qui explique pourquoi il fut un peu surpris malgré tout par la suite des évènements qui lui donneraient toutefois encore une raison de se méfier des Hommes. Car l'un des trois gaillards dégaina tout de suite après un révolver, un Colt 45, de son holster puis le pointa dans leur direction avec la visible intention de s'en servir sans attendre qu'ils tournent les talons.

C'était mal connaître leurs deux adversaires. Deux hommes qui n'avaient pas fui devant une horde de sauvages d'Amazonie, deux hommes qui avaient tenu tête aux pires crapules de Macao afin de sauver celle qui était devenue leur amie, Fanny Van Avond, deux hommes qui n'avaient nullement reculé devant les plus dangereux fauves de la jungle africaine ou des terres sauvages de Sibérie, deux hommes, enfin, habitués à affronter le danger, soit-il mortel, plutôt que de fuir ou de geindre inutilement.

Tout de suite, les réflexes devenus automatiques du commandant Beaumesnil refirent surface tandis que, dans son dos, son ami jetait l'un de ses jurons rigolos que plus personne ne comprend.

— Bande d'orchidoclastes ! entendit le Français sans prendre la peine d'en rire.

Notamment parce que, en même temps que Bob insultait leurs adversaires de casse-couilles, il venait de sortir quelque chose de la poche de sa veste de cuir, un marron qu'il avait ramassé en automne et qu'il employait en guise de balle de relaxation et qu'il projeta de toutes ses forces en direction de l'homme armé. Or, ce marron, un gros marron d'au moins 6 cm de diamètre, lancé à toute vitesse, vint percuter le front de son adversaire en s'écrasant sous le choc. Adversaire qui lâcha son pistolet avant de s'écrouler comme une masse sur le sol, inconscient. Quoi voyant, les deux autres, visiblement prêts à en découdre, coururent soudain en hurlant comme des diables en direction des deux importuns. Mais, d'un bond de félin, Alex esquiva celui qui lui arrivait dessus tandis que Bob, se baissant dès que son adversaire parvint à sa hauteur, fit un geste en avant avec son tronc, attrapa d'une clé ses jambes au niveau des genoux puis tira si fort vers lui que le bonhomme, en dépit de sa force et de son poids, à cause d'eux en fait, valdingua au sol en s'y meurtrissant méchamment le dos. Le moroté-gari que venait de lui faire vivre Bob l'avait secoué. Il ne s'attendait probablement pas à se trouver en face d'une ceinture noire 3ᵉ dan de judo en effet, soit un redoutable adversaire qui parvint à employer la colère, la force et la masse de quiconque l'attaque en les retournant contre lui.

Pendant ce temps, le Français s'occupait du troisième homme. Il l'avait évité, certes, mais pas affronté réellement jusqu'à présent. Dans la lumière pâlotte d'un réverbère, Alex parvint à distinguer un peu mieux le visage carré et le menton en galoche ainsi que les cheveux coupés en brosse de celui-ci.

« Une vraie tête de Ricain », songea-t-il en lui balançant un de ses coups de pied dont il avait le secret.

Mais cet adversaire-ci était lui aussi un adepte des sports de combat… ou un ancien militaire devenu mercenaire et gangster ; ce qui arrive fréquemment. Aussi parvint-il à esquiver ce coup qui, peut-être, vu la puissance que l'ancien commandant des forces spéciales de l'armée française lui avait donnée, lui aurait très certainement dévissé la tête. Le bonhomme à tête de Ricain parvint même à repousser la jambe d'Alex en tentant, de surcroît, un coup des plus vils et bas, à savoir lui écraser l'artère fémorale du poing. Heureusement, le commandant para son coup juste à temps puis, dès qu'il fut parvenu à retrouver l'équilibre, fonça sur le Ricain en lui assénant plusieurs petits coups de poing répétés aux mêmes endroits du corps ; une technique de boxe thaï particulièrement perturbatrice. Le gaillard, qui ne s'attendait pas du tout à ce genre de lutte au corps-à-corps, ne put que se protéger du mieux qu'il le pouvait de toutes ses frappes pas vraiment puissantes, mais diantrement gênantes. Puis Alex lui fourra le genou dans les côtes à la façon des boxeurs thaïlandais justement, lui en cassant une. Et celui qu'il prenait pour un Américain cracha du sang d'ailleurs ; poumon perforé, diraient les médecins qui parviendraient finalement à le sauver de la grande gagnante de tous nos vains combats existentiels. Mais, en dépit de sa vive douleur, il ne paraissait toujours pas vouloir se rendre. Il sortit à la place un couteau de son étui attaché à sa ceinture et regarda le Corso-Normand d'un air furieux. Cependant, tandis qu'il s'approchait, la rage aux lèvres, il n'avait pas pris garde à ce qui se passait autour de lui. Fatale erreur ! Alors qu'il s'apprêtait de nouveau à se jeter sur Alex, l'un de ses collègues, celui qui, pour son malheur, avait choisi de combattre Bob, fut justement projeté par le Namurois juste sur lui. Le sumi-gaechi du Namurois, une technique qui consiste, tout à l'inverse de la première, à empoigner son adversaire par la chemise ou la veste puis à se faire basculer en arrière soi-même en l'emportant dans sa chute et en le faisant ensuite voler au-dessus de soi, avait eu raison de lui. Et non seulement de lui, mais aussi de l'adversaire d'Alex qui, de surprise, lâcha son couteau puis fut projeté violemment contre l'un des murs de la venelle. Son crâne vint frapper sur ce mur avec une telle violence qu'il en perdit immédiatement connaissance.

— Handen Omhoog ! (Mains en l'air !) les surprit alors, dans un néerlandais sans accent, une voix masculine inconnue.

La voix de quelqu'un qui venait de la rue Timmermans.

— Niemand bewegt ! (Plus personne ne bouge !)

Mais, mis à part Bob et Alex, personne d'autre ne pouvait plus bouger pour le moment. Leurs trois adversaires gisaient à terre, l'un, celui qui avait reçu le marron à la sauce David, évanoui pour encore au moins dix minutes, l'autre qui s'était éclaté le crâne sur le mur en aurait pour six semaines à se remettre tandis que le troisième, celui qu'avait massacré Bob, son dos et sa poitrine le faisaient tellement souffrir qu'il n'avait plus, lui non plus, aucune force pour se relever. Or, juste au moment où Bob et Alex levèrent les mains en espérant qu'il ne s'agissait pas d'un autre membre de la même bande, des bruits sourds se firent de nouveau entendre en provenance de la bière…

— Boulette ! les surprit alors un cri angoissé provenant de la même personne qui les tenait en joue.

Un sceptre et un livre

— Mais, dites-moi, fit Erker à l'adresse de Bob, si je comprends bien, vous avez donc découvert un point de repère situé Sint-Jacobsplein, un autre Begijnhof et un dernier Mariastraat. Bref, un triangle si l'on relie tous les points. Ce qui pourrait signifier qu'il faut chercher son centre, non ?

— Ou vous avez un « vé », fit remarquer Floriane fort judicieusement.

— Mais oui, vous avez raison ! s'exclama Bob qui était jusqu'à présent en train d'expliquer à Erker et Floriane leur propre quête.

Car d'avoir passé douze heures au poste ensemble leur avait permis de pas mal discuter déjà et de se lier d'amitié presque. En outre, étant donné que les deux détectives de l'A.P.A. ne possédaient pas les deux lettres à l'origine de cette chasse au trésor, il y avait peu de risque, sinon aucun, qu'ils ne les devançassent au cas d'une trahison de leur part. Or, comme il y a plus dans quatre cerveaux que dans deux, le Namurois avait trouvé malin de tout d'abord leur proposer de se remettre de leurs émotions en s'en « jetant un » tout en se permettant de leur exposer le problème qu'ils rencontraient Alex et lui à présent ; Alex qui n'avait d'yeux que pour Boulette, tout à fait à son goût, mais qui n'en perdait pas une goutte néanmoins.

— Voire un cinq, intervint-t-il d'ailleurs subitement. Un cinq en latin, bien sûr.

— Exact ! se réjouit Bob. Et la suite est donc probablement un « i » majuscule, soit le chiffre 1.

— Bref, le chiffre 6, en latin, donc ! intervint Erker. Mais de quel livre s'agit-il, cela reste un mystère, rappela-t-il aux deux chasseurs qui le savaient pertinemment.

D'ailleurs, tout en continuant de contempler plus ou moins discrètement les rondeurs de Floriane dont il ne connaissait pas les penchants sexuels, Alex rugit :

— Ah, ça, c'est à la fois toute la question et le problème ! Il s'agit peut-être d'un livre d'Heures, expliqua-t-il ensuite en faisant se dresser les oreilles des deux détectives. Un livre d'Heures qu'a découvert un ami, en France, en Artois plus précisément, dans la tombe d'un moine franciscain. Mais c'est aussi un bouquin qui vient d'être malheureusement volé, il y a trois jours maintenant.

Le rouge faillit monter aux joues des deux membres de l'A.P.A. dès qu'ils l'entendirent leur conter cette histoire… qui était aussi la leur en quelque sorte.

« Merde alors ! » pensèrent-ils en même temps en se transmettant d'ailleurs la même émotion via leurs puces émotionnelles intégrées. Mais, après un si bref regard que ni Bob ni Alex ne perçurent, ils décidèrent finalement de tout expliquer à ces deux hommes, notamment que ce livre d'Heures se trouvait à présent à quelques kilomètres d'eux seulement, dans un tiroir de pièces à conviction de la police bruxelloise. Cela fait, juste après, Floriane – qui, de par sa provenance avait reçu et subi une solide éducation catholique, reçu et subi surtout étant donné qu'elle ne correspondait déjà pas trop à la norme fixée par l'idéal chrétien de cette religion – Floriane se permit une remarque :

— Pour ma part, je ne crois pas qu'il s'agisse nécessairement de ce livre-là par contre.

Ce qui ravit Bob qui pensait la même chose et qui lui sourit alors en hochant la tête comme pour appuyer ses dires. Puis, d'un ton ferme, il déclara d'ailleurs :

— J'en suis moi-même à peu près convaincu. Mais quel autre livre alors ?

— Eh bien, un des livres de la Bible elle-même, leur proposa Floriane. Souvenez-vous que la Bible n'était pas un livre si courant avant l'invention de l'imprimerie. C'était un livre que la plupart des curés eux-mêmes ou leur paroisse ne possédaient pas vu son prix exorbitant à cette époque. Mais un livre qui ne se perdrait pas facilement par contre devait supposer le moine. Un point de repère aussi fixe que durable donc. Au moins autant sinon plus qu'une cathédrale, une basilique, une église ou n'importe quel autre bâtiment élevé par la main de l'homme.

Mais elle vit bien que les trois hommes, qui la regardaient d'un air fort dubitatif en dépit du bon sens de sa remarque, ne voyaient toujours pas à quel livre précisément de la Bible faisait allusion le message codé qui avait été caché par le rusé franciscain. Aussi leur précisa-t-elle plus avant sa pensée.

— Vous avez bien trouvé deux statues de la Vierge, n'est-ce pas ?

Ce à quoi Alex et Bob acquiescèrent.

— L'une tenant justement un livre de sa main droite et l'autre un sceptre. Eh bien ! Il s'agit probablement de l'un des livres dits historiques de l'Ancien Testament.

Là-dessus, subitement, Bob, dont les yeux venaient enfin de se dessiller, fièrement éructa :

— Bien sûr ! Il s'agit du livre des Rois !

— De l'un des deux livres des Rois, se permit de lui faire remarquer Flo. Sans doute le premier des deux même…

Et Erker, fier de l'intelligente intervention de sa collègue et heureux surtout de l'avoir retrouvée vivante en grande partie grâce aux deux hommes en compagnie desquels il était en train, en bon Allemand, de déguster une excellente bière, conclut :

— 1 Rois, chapitre 6 donc !

« 480 ans après la sortie des fils d'Israël du pays d'Égypte, la quatrième année du règne de Salomon sur Israël, au mois de Ziv – qui est le deuxième mois –, il construisit la Maison pour le Seigneur. »

I Regum VI (1)

Et un Dni sans faux col, garçon !

Une fois n'est pas coutume, ce jour-là, le lendemain de leur sortie du poste de police brugeois, le ciel pissait sur la Belgique. Mais il ne s'agissait pas de l'une de ces pluies franches et fières, dont chaque goutte est un petit marteau joyeux qui crée une note en se fracassant sur le sol ou sur un toit comme un gond sur une cloche, non, plutôt de l'une de ces sales pluies bâtardes et sournoises qui vous font croire que vous êtes un poisson rouge dans un bocal. L'une de ces bruines dégoûtantes qui rendent les pavés glissants, les ténèbres ou le jour naissant plus hostile et qui font de tous les passants, que l'on distingue alors à peine à travers ce voile quasi fuligineux [41], des fantômes sans autre couleur que le gris sale. Un temps bien belge, donc, qui, dans ce pays-là, laisse penser que ce n'est pas le ciel qui pleure sur la Belgique, mais la Belgique qui pleure vers le ciel. Ayant fraternisé, Bob, Alex, Erker et Floriane se trouvaient encore ensemble. Les deux détectives privés, ayant terminé leur enquête, qui ne se finissait qu'à moitié bien pour eux, avaient pensé rentrer ce jour-là, mais l'alléchante proposition que leur avaient faite les deux hommes qui avaient sauvé Flo des griffes de ses ravisseurs les avait fait réfléchir puis postposer ce retour. Car Bob et Alex, méfiants d'habitude, leur avaient effectivement proposé de se joindre à eux afin de tenter de

---

[41] Qui rappelle la suie. Qui est opaque donc, dans ce cas-ci.

découvrir ce trésor – au moins historique –, après lequel ils courraient ; ceci à la plus grande joie infantile d'Erker. D'une part, ils avaient tout de suite eu un bon feeling avec eux puis, d'autre part, étant donné qu'ils avaient finalement décidés de tout leur expliquer de ce qu'ils savaient à propos des documents volés – le livre d'Heures, les lettres et leur traduction –, ils craignaient que d'autres personnes, des membres du groupe Hermès ou des gens liés à cette Asiatique qu'ils avaient suivie, parviennent à découvrir cette chasse ainsi que ce qu'elle contenait, à savoir une preuve de la vaillance namuroise. Cela en pensant donc, de plus en plus sérieusement, qu'il leur serait très possible de la retrouver cette chasse-là ainsi que son trésor. Pour autant que la fin du message ne les conduisît pas droit dans le mur ou dans un cul-de-sac, bien sûr ; c'est-à-dire que les derniers points de repère existassent toujours puis qu'ils parviennent à décoder la fin du message laissé par Norbert de Damme qui plus est ; car être à trois lignes de la résolution d'une énigme ne signifie pas que l'on va parvenir à en découvrir l'entièreté en effet.

Toutefois, quant à ces trois dernières lignes du second message de Norbert de Damme, le Namurois avait déjà une petite idée derrière la tête. Une petite idée qu'il avait tournée et retournée durant presque toute la nuit et dont il avait tenu à leur faire part dès le petit-déjeuner. Petit-déjeuner qu'ils prirent dans sa cuisine à l'ancienne – dont le charme eut un effet immédiat sur les deux enquêteurs dès qu'ils y pénétrèrent le soir précédent –, étant donné que Bob leur avait proposé d'épargner le prix d'une chambre d'hôtel et de se rendre plutôt chez lui. À tort ou à raison, il était persuadé que le trésor de la comtesse Jeanne de

Namur ne pouvait pas avoir été caché à Bruges. Notamment, et il s'en était déjà confié à Alexandre d'ailleurs puis l'avait fait savoir aux deux autres, parce que ce dernier n'avait pas eu le temps de s'y rendre, de trouver une cache puis des points de repère dignes de demeurer à travers les siècles peut-être et, surtout, d'y cacher quoi que ce soit avant de revenir à Namur en l'espace d'une semaine seulement.

Les deux détectives avaient passé une excellente fin de nuit dans cet endroit champêtre et étaient tout à fait remis de leurs longues nuits de travail ainsi que de leurs récents déboires. Satisfaits, reposés et repus dès après le troisième croissant préparé par la cuisinière et femme de chambre de Bob, ils étaient tout ouïe quant à ce que leur expliquait à présent leur hôte. D'autant plus qu'Erker, dès le début de leur filature de leur voleur Adam-Eve, avait émis ce souhait qu'il eût réellement aimé découvrir ce trésor. Un trésor mis en danger, selon ce que leur en avait confié Georges Deumortier peu après qu'il se fût rendu à Lasne, par des brigands aux moyens sans limites. Car Georges, dès qu'il était parvenu dans cette si richissime commune de Lasne, avait découvert que la vaste demeure – presque un château – dans le parc boisé duquel la limousine de Miss Lang se trouvait toujours garée, appartenait à un milliardaire américain du nom d'Edward Moros. Un financier soupçonné de pas mal de crapuleries et d'accointances avec les milieux mafieux, mais sans que les enquêteurs du F.B.I., de la C.I.A. n'aient jamais pu découvrir quoi que ce soit l'incriminant. Ce qui était chose faite à présent, car l'ancien espion y avait eu une fort belle surprise en effet.

Tandis que, toujours garé devant la demeure, il s'apprêtait à faire part de sa trouvaille à l'un de ses anciens collègues, il avait eu l'heureuse surprise de voir le milliardaire, en peignoir et en pantoufles, cigare au bec, raccompagner la toute belle Asiate jusqu'à hauteur de sa voiture puis lui faire le baise-main avant de prendre congé d'elle. Toutes choses qu'il avait filmées puis qu'il avait pris un très malin plaisir à envoyer à son ex-collègue… enchanté, lui aussi, d'une si jolie preuve contre ce filou. Une preuve pas suffisante pour l'inquiéter ou le faire arrêter, certes, mais qui irait s'ajouter à d'autres bricoles qui, une fois réunies, leur permettraient au moins d'avoir le droit de mener une enquête plus poussée à son sujet. Puis, pour tout vous dire, ni Bob ni Alex n'étaient tout à fait inconnus aux yeux des détectives de l'A.P.A. La réputation de ces deux chasseurs de trésors n'était plus à faire et plus d'un magazine, mais aussi tout plein de gens du milieu des Arts qu'ils fréquentaient, avaient narré leurs déjà nombreuses découvertes. Aussi se savaient-ils entre de très bonnes mains pour réaliser pareille aventure. Par contre, étant des néophytes [42] en ce domaine, ils ne savaient pas trop par où commencer.

Ce fut Bob qui rompit alors le silence.

— Grâce aux noms de baptême des trois grands fondateurs, tu pourras donc comprendre : IX-XVI-XIV (9-16-14), se mit-il à réciter de mémoire. Ça, c'est plutôt pour toi, Alex ! badina-t-il en regardant le Français en train de dévorer du regard la Boulette polonaise assise juste en face de lui ; comme un délicieux plat qu'il saucerait volontiers.

---

[42] Des débutants

Mais, comme Alex prêtait à ce que racontait son ami une attention distraite par le désir, il se contenta d'opiner du bonnet sans comprendre toutefois ce dont il était question, à savoir décoder ou déchiffrer un nouveau message ; une matière dans laquelle il était effectivement très doué.

— Or, à 2 toises de la tour de ce céphalophore – il s'agit d'un saint à la tête coupée, les instruisit Bob à ce propos –, en droite ligne de la roue solaire, à quatre pieds de la surface, j'ai enfoui la chasse et son trésor.

L'air songeur, Erker regardait dans le vide. Mais ce n'était pas là un signe d'inattention de sa part pourtant, que du contraire. Lorsqu'il faisait cette tête-là, Floriane le savait, tout comme Alex connaissait la tête qu'avait son ami Bob lorsqu'il se baladait dans son palais mental, c'était qu'il réfléchissait intensément.

— Vu ce que vous avez découvert comme indice, à savoir le premier livre des Rois, chapitre 6, soit la construction du temple du Dieu Yahvé sous le règne du Roi Salomon, je suppose que ces chiffres 9, 16 et 14 sont en rapport avec le célèbre Ordre du Temple, non ?

— Probablement, convint Bob qui y avait déjà pensé durant la nuit. Or, les trois fondateurs de cet ordre qui vit le jour en 1118 nous sont connus. Il s'agit d'André de Montbard, d'Hugues de Payns, le plus connu des trois, puis d'Hugues de Champagne. Comme vous le savez certainement, l'ordre du Temple a été créé à Jérusalem peu après la première croisade. Il est, qui plus est, à l'origine de la relique conservée à la Basilique du Saint-Sang de Bruges, c'est-à-dire la fiole qui contiendrait le sang de Jésus. En revanche, avec ces trois noms-là, j'ai eu beau retourner dans ma tête trente-six fois au moins chaque combinaison, je ne suis pas parvenu à trouver quoi que ce soit de significatif.

Mais, à ce moment de son récit, Floriane Nowak, en bonne historienne des arts et de l'archéologie, se permit d'intervenir.

— C'est parce que votre liste est incomplète, lui fit-elle remarquer. Incomplète et... et fausse par ailleurs.

— Ah, bon !? s'étonna Bob. C'est-à-dire ?

Et Floriane, que le regard insistant d'Alex commençait de gêner vu que ce bougre de Français ne parvenait pas à comprendre – ou ne voulait pas comprendre – les signes qu'elle tentait de mettre en avant pour qu'il saisisse à quel point il n'avait aucun intérêt pour elle, ni lui ni aucun homme, Floriane lui expliqua :

— Tout d'abord, ces chevaliers n'étaient pas trois seulement. Mais c'est une erreur très répandue, ajouta-t-elle afin de ne pas trop frustrer Bob.

Car cet homme-là lui avait semblé tout de suite des plus agréables.

— Ensuite, continua-t-elle, Hugues de Champagne ne fut pas l'un des fondateurs originels de cet Ordre du Temple. Il ne le rejoignit que huit ans plus tard en fait, précisément en l'an 1126.

Ensuite, elle énuméra le nom des neufs chevaliers à l'origine de cet ordre militaire et religieux dont les principales missions étaient de défendre les pèlerins ainsi que les lieux saints de Jérusalem.

— Hugues de Payns, commença-t-elle, André de Montbard, Godefroy de Saint-Omer, Payen de Montdidier, Archambault de Saint-Amand, Geoffroy Bissol [43], Rolland, Roral et Gondemare.

— Mais cette liste est sujette à caution, je pense, intervint son collègue et ami Erker en fronçant les sourcils. Car j'ai lu d'autres noms que ceux-là dans des cahiers publiés par les survivants de cet ordre qui fut loin de disparaître lorsque le Roi de France, Philippe le Bel, crut en être venu à bout au début du 14e siècle après en avoir fait exécuter les dirigeants français dont le grand-maître lui-même, Jacques de Mollay. Un certain Geoffroy Bissot, par exemple, qui pourrait correspondre au Bissol dont tu viens de parler, ou encore un autre Godefroy...

— Certes, tu as raison, admit Floriane. Mais la liste des chevaliers que je viens de citer est toutefois celle qui demeure la plus connue. Notamment par des personnes qui ne font pas ou ne faisaient pas partie de l'ordre. Or, je ne crois pas que le franciscain Norbert de Damme en ait fait partie. Donc, je suppose qu'il a dû employer les noms les plus connus dès cette époque. Et trois de ces noms sont demeurés dans l'esprit d'un peu tout le monde, hormis celui d'Hugues de Champagne qui, je le rappelle, est une erreur historique. Il y a Hugues de Payns, Godferoi de Saint-Omer et André de Montbard. Mais on peut essayer avec tous les autres noms aussi, bien sûr. Après tout, on a du temps devant nous, non ?

---

[43] Originaire de Frameries, dans le Hainaut.

— Peut-être pas tant que ça ! lui objecta Erker. Si ce qu'a découvert Georges est exact, nous avons affaire à des gens qui possèdent du matériel autrement plus sophistiqué que celui que nous ne pourrons jamais prétendre employer nous-mêmes. Aussi disposons-nous peut-être de bien moins de temps qu'il serait nécessaire pour essayer toutes les combinaisons possibles.

— C'est Dni, votre machin ! beugla soudain Alex qui sortait enfin de sa torpeur et cessa d'ailleurs de mater les gros seins en forme de melons de Floriane. Mais cela ne veut rien dire par contre, ajouta-t-il.

Les trois autres s'entre-regardèrent puis firent mentalement le compte des lettres des trois premiers prénoms mis bout à bout qu'avait mis en exergue la détective : Hugues-Godefroi-André. Or, rapidement, ils s'en rendirent compte tous les trois, Alex avait mis dans le mille. Hugues Go<u>d</u>(9)efro<u>i</u>(14) A<u>n</u>(16)dré. La neuvième lettre associée à la seizième puis à la quatorzième donnait bel et bien un mot sans queue ni tête ; Dni…

Enfin, sans queue ni tête... sans tête surtout ! Puis pas pour tout le monde de surcroît. Parce que, dès qu'il eut lui-même découvert cette solution simple à ce petit code, Bob Lesage sursauta puis les trois autres purent voir naître et luire une joie sans bornes sur son visage subitement devenu quasi rayonnant.

— Ben, ça alors ! laissa-t-il fuser entre ses dents.

Ce sur quoi les trois autres, suspendus à ses lèvres, le regardèrent la bouche grande ouverte et les yeux tout pareils, puis tout ouïe surtout, bien que le Namurois ne parvînt pas à répéter autre chose que ce :

— Ben, ça alors !

Une exclamation de surprise et de joie qu'il répéta au moins quatre fois avant de pouvoir enfin s'expliquer. Se rendant compte de ce que son comportement avait d'étrange, d'une voix faible, mais enthousiaste, il parvint à leur baragouiner quelque chose de sensé en effet... qui révélait tout.

— Je... je crois savoir de... de quoi il s'agit, leur avoua-t-il lui-même au demeurant toujours un peu stupéfait. Et... et peut-être aussi de l'endroit où nous devrons chercher le... le trésor de Jeanne de Namur. Un lieu qui existe toujours, termina-t-il cependant sans plus bégayer aucunement et en les laissant pantois.

— Ah, ben, ça alors ! se mit à lui lancer par fronde son ami Alex. Mille milliards de mille sabords ! Ben, v'la aut'chose, moussaillon ! Et alors ! On y va-t-y tout de suite ou tu prends encore du temps pour étaler ton savoir comme de la confiture sur du pain au lieu d'agir ?

Chemin faisant, un chemin dont la destination avait été tenue secrète par Bob – qui voulait leur en faire la surprise –, une conversation par SMS s'était commencée entre Georges Deumortier et Erker. L'ancien espion anticommuniste prévenait son ancien élève.

— Faites bougrement attention où vous mettez les pieds ! lui écrivait-il. Car cette Asiatique est une dangereuse criminelle connue sous le nom de Miss Lang Tchao

Ti. Une femme redoutable dont la tête est mise à prix aux U.S.A. pour la bagatelle de 300.000 dollars !!! Te dire s'ils tiennent à cette tête-là ! Puis elle est recherchée dans plus de trente pays, dont la Belgique. Une femme qui est connue pour avoir recours à des moyens toujours impitoyables contre quiconque tente de lui barrer la route ou de simplement s'y trouver parfois. Puis, vu qu'elle est à la tête d'un gang pire encore qu'Hermès, un gang dont la fortune et les moyens sont incommensurables, elle est une ennemie des plus... mortelles. Du genre de ceux qu'il faut éviter à tout prix, en somme.

Ce à quoi, Erker, songeur, en passant machinalement sa main gauche – il était gaucher en effet, mais tenait son portable de la main droite – dans ses cheveux coupés courts de la même manière qu'Alex, Erker lui avait alors répondu :

— Ainsi, finalement, en courant après un lièvre nous avons débusqué une... une louve.

— Oui ! fut la réponse un peu courte de son ancien professeur qui ne voyait pas là matière à plaisanter. L'une des pires qui soient en plus ! ajouta-t-il d'ailleurs juste après. Par contre, personne ne peut dire si elle travaille en meute ou si elle agit de manière solitaire. Mais cela ne m'étonnerait pas qu'elle soit associée à d'autres criminels. Ce qui la rend plus redoutable encore. On parle notamment, de plus en plus, d'un personnage que l'on croyait décédé, mais qui a refait surface. Un Mongol qui tiendrait un peu tout le monde du brigandage sous sa coupe. Mais je n'en sais guère plus à ce sujet sinon que ce Mongol est réputé posséder, au propre comme au figuré, une main de fer.

Car il brandit effectivement une main cybernétique au bout de son bras droit, conclut le soixantenaire toujours plein de vigueur malgré son âge et sa retraite

— On arrive ! les prévint Bob. Voilà le village où se trouve l'ancienne commanderie du Temple.

— Et un Dni sans faux col, garçon ! s'amusa Alex.

Alex qui, en même temps que tous les autres occupants du véhicule, se mit pourtant à zieuter avec attention cet endroit que lui vantait Bob. Mais ils furent déçus cependant. Ils furent déçus parce que, si cette ancienne commanderie de l'ordre du Temple existe toujours bel et bien dans le hameau de La Bruyère [44], elle n'est plus aujourd'hui qu'une grosse ferme privée dont il reste surtout, de l'époque du Moyen-âge, le seul portail d'entrée.

— Pour le Dni, déclara le Namurois, il faudra encore un peu de patience. C'est dans un village pas très loin d'ici. Celui dont l'église servait aux templiers d'ailleurs. Et, sans faux col, le mot est bien trouvé, ajouta-t-il narquoisement... pour un décapité.

La campagne namuroise se remit donc à défiler un champ après l'autre sous leurs yeux enchantés. Une jolie campagne que ravageait néanmoins, depuis plusieurs jours déjà, une pluie battante bien ~~merdique~~ nordique. Une pluie qui lacérait les terres en risquant de provoquer tout plein d'inondations. Enfin, dès qu'Alex vit le panneau indiquant le village dans lequel Bob les conduisait

---

[44] Authentique, rue de La Bruyère d'ailleurs, ainsi que la suite par rapport à l'église...

tranquillement, une destination qu'il ne connaissait pas, il grommela tout d'abord deux jurons…

— Par les cornes du Diable, o mulizzò !

Puis il ajouta une constatation toute bête :

— Saint-Denis-Bovesse… Saint-Denis donc !

En effet, il avait compris que le mot Dni signifiait, en patois wallon, le prénom Denis. Un Saint tout particulièrement révéré, en plus de la Vierge, dans ces régions de paysans puisque grand-patron des agriculteurs. Un saint réputé avoir eu la tête tranchée, qui plus est, mais avoir continué de marcher en la tenant entre ses mains.

— Mais c'est un trou à rats, ce bled ! s'étonna Erker qui venait pour la première fois en Belgique.

Une déception à laquelle Bob préféra de ne rien opposer. Car si Saint-Denis-Bovesse n'est, effectivement, pas l'un des plus beaux villages de Wallonie, de là à le considérer comme un vulgaire trou à rats, il y a un pas qu'il ne souhaitait pas de franchir. Ce n'est certes pas un beau village, mais pas non plus un de ces laids villages du genre de ceux que l'on trouve dans le sud de la Belgique ou le nord de la France. D'affreux endroits tout gris devenus déserts depuis des décennies. Aussi, après s'être garé non loin de la placette qui s'étend nonchalamment devant l'église Saint-Denis, Bob préféra-t-il descendre du véhicule – il avait pris son Audi RS e-tron GT –, et les précédat-il en longeant le mur du cimetière qui entoure toujours l'église.

Ce faisant, il se tourna vers eux qui marchaient un peu en retrait.

— Cette église Saint-Denis est l'une des plus anciennes de la province de Namur, leur apprit-il en usant d'un ton badin. Citée dès 805, elle était le siège d'une seigneurie qui appartenait au chapitre de la collégiale Saint-Pierre de Namur et sur laquelle le comte de Namur avait des droits. La tour de l'église, érigée en moellons de calcaire, est, quant à elle, le plus ancien vestige du Moyen-âge de cet édifice religieux dont la nef a été détruite puis reconstruite plus tard.

Faut-il le dire ? Ils étaient tous fort heureux de parvenir – enfin – devant l'endroit où ils pensaient découvrir le trésor de Jeanne de Namur. Pourtant, dès qu'ils parvinrent devant la vieille église, une surprise les attendait. Trois ouvriers étaient en train de s'y faire embarquer par la police. Trois ouvriers aux mines antipathiques et dont les mains, selon ce que put constater Erker, n'avaient rien de mains d'ouvriers par contre. Ils demeurèrent donc à quelques mètres de cette arrestation, ceci à l'instar de tout plein de villageois regroupés là et étonnés d'assister à une scène si rare dans ce village, sans oser déjà tâcher d'en apprendre plus pour le moment. Ce ne serait d'ailleurs que le lendemain qu'ils apprendraient les détails de cette histoire en lisant le journal. Une histoire de fous, écrirait le journaliste. Une histoire de fous qui, sans la suspicion d'un brave garde champêtre, Marc Longrain, eut probablement de biens tristes conséquences pour le patrimoine.

Puis, étant donné qu'ils se trouvaient sur place, ils s'avancèrent vers la placette et contournèrent le cordon de sécurité tendu par les policiers et, là, de l'index, Bob leur désigna la tour carrée de l'église Saint-Denis située à une dizaine de mètres seulement de l'endroit où ils se tenaient à présent. En leur indiquant la croix pattée qui s'y trouve toujours au frontispice de la porte d'entrée, solennellement, il déclara :

— Voilà, la roue solaire !

Et, devant la mine étonnée qu'ils faisaient tous, il précisa à son sujet :

— À la fois réceptrice et émettrice, cette croix-là, agissant sur l'essence de l'existence, unit en son point central tous les antagonismes et les complémentaires, non pour les annuler ou pour les détruire, mais pour les harmoniser afin de leur donner force et puissance – la divine lumière donc – qui agira sur l'homme nouveau et universel que doit être ou devenir le candidat templier.

— Et à quatre mètres environ, soit deux toises, en droite ligne à partir de ce symbole ancien, serait enterré, à un mètre vingt de profondeur, le trésor de Dame Jeanne [45] ? intervint Erker. Eh bien, on peut dire qu'il a eu chaud ce trésor ! proclama-t-il ensuite en les invitant à regarder en direction de l'endroit précis où les faux ouvriers avaient commencé de chercher eux-mêmes. Voyez donc comme ces fils de chienne avaient été bien renseignés !

Effectivement, les sbires de Miss Lang – il ne pouvait s'agir que d'eux – avaient dressé une petite tente juste pile-poil à la bonne place. Alors Alex, leur faisant brusquement volte-face, les regarda avec un large sourire qui illuminait sa face sombre de Corso-Normand.

---

[45] La toise valait presque 2 m et le pied-de-roi presque 33 cm.

— O Soffiami in culo ! leur jeta-t-il de nouveau à la face, tout guilleret. En tout cas, c'est une sacrée farce de la part de ce moine… enterrer une relique pareille à cet endroit, quelle joke !

Mais, au vu de la tête qu'ils faisaient tous, il comprit que pas un seul n'avait saisi ce qu'il voulait dire à demi-mot. Aussi fut-ce en tant que Français qu'il leur déclara alors :

— N'est-ce pas le signe d'une honteuse défaite du Roi de France qui est enterré à quelques pas à peine du saint protecteur du Royaume de France ainsi que de la famille royale justement ?

Épatés par cette si cette judicieuse réflexion de sa part puisque, en effet, Saint-Denis était le protecteur de cette susdite famille royale de France, Bob et les deux détectives s'esclaffèrent de concert tout d'abord puis, la mine toute réjouie lui aussi, Bob Lesage offrit le mot de la fin à son grand ami de toujours ou presque :

— Que le grand Cric me croque ! les fit-il sourire. Mais c'est qu'il est doué le petit coq !

Épilogue

La gazette du namurois, J. Lasalle.

« Mais jusqu'où iront les voleurs d'art et de trésors archéologiques en Belgique ? Hier, mardi, à Saint-Denis-Bovesse, trois hommes ont été interpellés par la police fédérale. Trois gredins déguisés en ouvriers communaux qui, sous couvert de travaux, s'apprêtaient à entreprendre des fouilles – illégales – juste devant le parvis de l'église Saint-Denis. Une église du Moyen-âge qui est aussi la plus ancienne église de la province de Namur. Et, sans la suspicion de Marc Longrain, garde-champêtre de son état, jamais ces faux ouvriers n'eussent été découverts puis arrêtés. Amène et curieux, Marc Longrain s'est approché de ces ouvriers afin d'en apprendre plus quant à ces curieux travaux : curieux puisqu'aucun tuyau, ni canalisation ni câble ne passent sous cette placette. Mais le ton fort peu agréable ainsi que les mines plutôt sinistres de ces prétendus ouvriers l'inquiétèrent. D'autant plus que pas un seul d'entre eux ne paraissait parler le français. Aussi jeta-t-il un œil discrètement à l'arrière de leur camionnette et fut-il stupéfait d'y apercevoir la crosse d'un fusil ; mais pas de chasse par contre ; un fusil mitrailleur, rien que cela ! Or, tout à leur affaire, les trois hommes n'avaient rien perçu de son manège discret. Ce qui fait que, dès qu'il s'en fut éloigné, il téléphona tout d'abord à la mairie afin de savoir si Benoît Larue, le Bourgmestre, était au courant de ces travaux. Ensuite, face aux dénégations de ce dernier ainsi qu'à son incompréhension quant au fait que l'évêché les avait peut-être commandités sans lui demander son accord, le garde-champêtre a contacté l'évêché de Namur, dont un secrétaire lui a pareillement appris qu'il n'était pas à l'origine de ceux-ci. Finalement, il a contacté la police puis a rappelé le bourgmestre afin qu'il corrobore ses dires auprès d'eux. La police – au contraire de la cavalerie – est alors intervenue juste avant que ces voleurs ne commencent leurs recherches.

Que cherchaient-ils devant cette église ? Eh bien, c'est là que la chose devient aussi extraordinaire que folle !

D'après le célèbre chasseur de trésors Bob Lesage et son non moins célèbre ami Alexandre Beaumesnil, lesquels se trouvaient justement présents ce jour-là – et pas par hasard du tout –, ces trois brigands étaient à la recherche d'un trésor historique d'une grande valeur à la fois financière, mais aussi, et surtout, archéologique : une chasse en ivoire probablement réalisée par le fabuleux orfèvre wallon Hugo d'Oignies dans laquelle aurait été mis en sécurité quelques éperons d'or. Oui, vous avez bien lu ! Dans cette chasse se trouveraient, effectivement, cachés là par la comtesse Jeanne de Namur, épouse du comte Guillaume, frère du dernier comte de Namur, Jean – qui revendit son titre en échange des plaisirs de la vie –, quelques-uns des éperons subtilisés aux cadavres des chevaliers français peu après leur défaite devant Courtrai, en 1302. Bien entendu, le service archéologique de Namur a été mandaté pour effectuer des fouilles à l'endroit précis que leur indiquèrent ces deux chasseurs... qui étaient eux-mêmes sur la piste de ce trésor à la suite d'une découverte archéologique réalisée en France par l'archéologue Greg Lamarche. Un livre d'Heures et deux lettres. Un livre et deux lettres qui lui furent volé il y a peu, mais qui ont été néanmoins retrouvé par la police de Bruxelles chez un antiquaire et receleur du nom de J. Lacraille.

Tout est donc bien qui finit bien et ne reste plus qu'à attendre que les archéologues mettent à jour ce témoignage du passé et de la vaillance namuroise. Puis que l'honneur de la capitale de Wallonie lui soit ainsi rendu au-delà des siècles ! »

— En tout cas, félicitations pour votre trouvaille, déclara Fanny à l'autre bout du fil. Quelle merveille cette chasse en ivoire ! J'en ai vu les photos dans la revue Aventures étranges. Puis merveilleux aussi les trois éperons d'or ! J'aurais vraiment aimé la faire avec vous cette aventure-là.

Bob sourit. Effectivement, la chasse et les éperons avaient été découverts par l'archéologue en charge de l'affaire, Gil Brogne, l'une de ses nombreuses connaissances dans ce milieu si fermé. Puis il pensa soudain que son amie ne savait pas tout.

— Et encore, ce n'est pas tout, l'affranchit-il alors. Car, en plus des trois magnifiques paires d'éperons, il y avait encore quelques autres babioles dans la chasse de frère Hugo.

— Ah bon ! Et… et quoi donc ?

— Trois médaillons un peu curieux. Les mêmes que celui qu'a découvert Greg Lamarche dans la tombe de Norbert de Damme, en Artois. Un pentacle dans lequel une flamme brûle au centre d'un œil ouvert. Et, en remerciement, Alex et moi-même en avons d'ailleurs reçu un chacun.

Affamée d'envie par cette histoire, Fanny, de sa voix la plus suave, minauda soudain :

— Tu me réserves la primeur pour un article ? Envoie-moi tout et je l'écrirai ici par contre.

— Ah ! fit Bob un peu déçu. Et quand reviens-tu au pays ? la questionna-t-il ensuite avec un ton qui laissait comprendre son impatience de la revoir et de la serrer dans ses bras.

Elle aussi un peu impatiente de le revoir malgré tout ainsi que son inséparable pote, Alex, la jolie métisse lui répondit :

— Ah ça, je ne sais pas encore ! Pour les compétitions, c'est terminé et bien terminé puisque j'ai été classée parmi les trois premières places dans chacune des deux. En revanche, comme tu sais, ma sœur s'est mariée et a déménagé. Aussi ai-je décidé de rester un peu avec elle afin de l'aider à s'installer parce qu'il y a pas mal de travaux à accomplir ou de ménage à faire dans sa nouvelle demeure… et qu'elle est en tournée pour le moment. D'ailleurs, dans tout le fatras qu'il y a à trier dans sa maison, l'ex-maison d'un psychiatre décédé sans laisser d'héritiers et que ni la mairie ni la société qui en avait la charge n'a faite vider ou nettoyer depuis lors, j'ai découvert deux carnets manuscrits. Deux carnets dont l'un intéressera sûrement notre ami Alex…

Mais Bob ne releva pas ce dernier détail à cet instant et lui demanda à la place :

— Et où est donc allée s'enterrer Sonia ?

— À Providence… la capitale du Massachusetts.

Cependant, tandis qu'il s'apprêtait à la questionner sur ces deux manuscrits dont elle venait de lui toucher un mot, soudain, Bob, toujours accroché au téléphone, fut surpris par un énorme fracas suivi d'un effroyable cri. Un cri terrifiant. Celui de la surprise mêlée à de la terreur. Une terreur panique. Or, ce cri de surprise épicé par la terreur provenait de la bouche même de Fanny...

— Allo, allo ? Fanny ? se mit-il alors lui-même à paniquer tout en entendant des bruits qui lui semblèrent être des bruits de bagarre.

Puis les secondes qui suivirent, et qui lui parurent des heures à cause de leur silence de mort, n'eurent pour effet que de lui nouer les tripes et de le réfrigérer. Blême à présent, Bob, qui avait de la peine à articuler, répéta donc :

— Allo, allo, Fanny, Fanny ? Mais, putrelle de bordau, qu'est-ce qui se passe !?

Église Saint-Denis à Bovesse © Eric Jugnot

Du même auteur

Sur BOD

Roman philosophique

- Jeber-Jésus, *l'animal des crucifix, T. 1*

Série : Mythe de Cthulhu

- N° 1 : Le diable dans la boîte
- N° 2 : Le trésor de la naïade
- N° 3 : Le chemin des dames

Sur Amazon

Série : Mythe de Cthulhu

- N° 4 : Le vampire d'Arkham

Romans philosophiques

- Entre chien et loup, tome 1 *(biographie romancée du philosophe de l'Antiquité « Platon »)*
- La malédiction – *le trépied d'Apollon T. 1*

Livres pour jeux de rôle et jeux « grandeurs natures »

- Victoire
- Voir
- Ultima magicae
- V.I.T.R.I.O.L.

Jeu d'énigmes

- La croix de l'aigle

© Éric Jugnot, éd. 2023 / revu et corrigé 2024

Image de couv. Piclumen

Dépôt légal : Août 2023

«Édition : BoD · Books on Demand, 31 avenue Saint-Rémy, 57600 Forbach, bod@bod.fr
Impression : Libri Plureos GmbH, Friedensallee 273, 22763 Hamburg (Allemagne)»

« Loi n°49-956 du 16 juillet 1949 sur les publications destinées à la jeunesse, modifiée par la loi n°2011-525 du 17 mai 2011 »

Code ISBN : 978-2-3225-6026-4